AF198690

Der alte Kauz
und die vergessenen Ostereier

Der alte Kauz
und die
vergessenen Ostereier

Tierisches aus dem Jahreskreis

Erzählt von Katharina Kraemer

Auszug aus »Oma Marthas Märchenbuch« und »Der Bläuling und die Wasserjungfer« bebildert von Helga Sadowski. BoD 2016

1. Auflage, 2018
© 2018 Copyrights by Katharina Kraemer
https://katharinakraemer1.wordpress.com/
Herstellung und Verlag:
BoD – Books on Demand, Norderstedt
ISBN 978-37460-80529
Bibliografische Information der Deutschen Nationalbibliothek: Die Deutsche Nationalbibliothek verzeichnet diese Publikation in der Deutschen Nationalbibliografie; detaillierte bibliografische Daten sind im Internet über www.dnb.de abrufbar.
Korrektorat, Coverbild und Grafiken: Helga Sadowski

Inhalt

Der alte Kauz und
die vergessenen Ostereier

Es wollte endlich Frühling werden! Viel zu lang hatte Väterchen Frost die Natur in eisigen Fängen gehalten. Jetzt beeilten sich alle Pflanzen mit Wachsen. Überall grünte und blühte es nach Kräften und auch die Tiere waren nicht untätig.

Die Vögel feierten unter lautstarkem Trällern Hochzeit und bauten ihre Nester in die noch blassgrünen Wipfel der Bäume. Eine Armee bunter Schmetterlinge und Bienen ließ sich keine Zeit, den grünen Wiesen ein buntes Kleid zu geben. Überall war geschäftiges Treiben. Stopp!

Nicht überall. Da oben in der lichten Krone einer knorrigen Eiche saß ein alter Kauz, still und unbeweglich, als ob er schliefe. Alle nannten ihn mal ehrfürchtig Professor, weil er unendlich viel zu wissen schien, mal den Alten. Ihm war das egal. Er hatte nach all der Zeit seinen wahren Namen vergessen.

Tatsächlich aber schlief er nicht. Er blinzelte unter buschigen weißen Augenbrauen in die Sonne. Dabei betrachtete er aufmerksam das Treiben um sich.

Ab und an schwankte sein betagtes Haupt. Er hob nachdenklich die dichten Augenbrauen. Ob das alles richtig war, was da unten zu seinen Füßen passierte? Dass ja alles pünktlich fertig würde.

Es sollte jetzt endlich Frühling werden!

Er kannte die sonderbare Sitte der großen Menschen, bunt bemalte Eier in den Wiesen zu verstecken, die dann kleine Menschen in kurzen Röckchen und Hosen mit freudig geröteten Wangen wieder einsammelten. So erfahren der alte Kauz war, er hatte nie begriffen, warum sie das machten. Es kann mir egal sein! Er schloss müde die Augen. Ein kleines Nickerchen wäre jetzt richtig. Bald würde er nicht mehr dazu kommen; am Abend zuvor waren wieder Eier im Gras und unter den Sträuchern versteckt worden. Und am folgenden Tag kamen Mädchen und Buben, laut rufend und lachend. Da war es mit seiner Ruhe vorbei!

Mit stoischer Gelassenheit ertrug er das Geschrei, das sogar das Zwitschern der Vögel übertönte. Mit wachsamen Augen verfolgte er ihre eigenartig anmutende Suche nach den bunten Eiern, das Lachen und Rufen, mit dem jeder Fund in einem Körbchen verschwand. Doch er wusste, nicht jedes Ei fand seinen Weg in die Körbe, ein paar blieben meist unbemerkt im Gras oder unter Büschen zurück. Daran wollte er sich gütlich tun, wenn erst wieder Ruhe eingekehrt war. Wäre es nur schon so weit, sein Magen knurrte.

Später am Nachmittag, als der Abend dämmerte, schaute er auf die friedliche Wiese hinab. Die Kinder waren fort und alles war idyllisch, wie es nur sein konnte. Das Zwitschern der Vögel verging, und die bunten Falter und die Bienen flogen heim. Nur sein Hunger war in den vergangenen Stunden nicht kleiner geworden. Da bemerkte er eine ungewohnte Bewegung im Gras, die ihn still auf seinem Ast hocken ließ. Er sah zwei Eier scheinbar zielstrebig aufeinander zurollen! Das eine Ei war zitronengelb und das andere blaurot gesprenkelt.

Fasziniert beobachtete er die beiden, die sich unaufhaltsam näherkamen. Das konnte nicht sein! So etwas hatte er in all den langen Jahren seines Lebens nicht gesehen! Plötzlich hörte er es knacken. Was war denn das jetzt?! Alles hatte er erwartet, doch hier war er mit seiner Weisheit am Ende!

Aus den Eierschalen schlüpften zwei zitronengelbe Küken, fix und fertig gekleidet für die Hochzeit. Sie hatte ein winziges weißes Brautkleid an und er trug einen schwarzen Frack mit Zylinder über seinem Gefieder.

Als sie sich aufgerappelt hatten, begannen sie miteinander zu tanzen. Die langen Grashalme störten zwar bei jedem Schritt, doch die beiden schritten unbeirrt weiter nach einer Melodie, die nur sie vernahmen. Im Dämmerschein der untergehenden Sonne verschwand das Paar trippelnd und sich drehend in den Weiten der Wiese. Er verlor die beiden aus den Augen.

Dieses Jahr werde ich erstmals leer ausgehen, dachte er enttäuscht, während er sich hoch in die Luft hob. Er musste die Gegend nach einem anderen Ei absuchen, das ihm als Mahlzeit reichen konnte. Doch nirgends fand er eines.

Während er sich auf die lästige Suche nach einem Nachtmahl begab, wünschte er ihnen im Stillen eine schöne Hochzeit, ein langes Leben und viele kleine Küken.

Wenngleich er seinen Namen und vieles andere vergessen hatte, diesen Tag würde er so schnell nicht vergessen. Den Tag, an dem er kein buntes Ei abbekommen hatte, weil die beiden letzten sich gesucht und gefunden hatten.

Wiktor und die Waldmäuse

»Ich kann froh sein, dass der Tod mich nicht ereilt hat«, brummelte der alte Bär Wiktor verschnupft vor sich hin und knotete seinen roten Schal fester um den Hals. Seine knielange Hose aus grauem Filz wäre ihm ohne Hosenträger von den Hüften gerutscht, denn er hatte sich in der Winterruhe auf dem nasskalten Höhlenboden eine Grippe zugezogen und viel Gewicht verloren. Doch jetzt war er auf dem Weg der Besserung.

Nur wenige Wolken zogen am blassblauen Himmel. Die Sonne wärmte schon ein wenig. Er folgte dem holperigen Weg vorbei an hellgrünen Wiesen und brachliegenden Feldern. Es sollte endlich Frühling werden. Erste Insekten labten sich an Blüten und die Luft hallte von den Brautrufen der gefiederten Freier.

»Der Winter ist Geschichte«, riefen die fleißigen Bienen.

Wenig später führte sein Weg durch einen zart grün schimmernden Wald. Zirp, zirp, und dort ein einzelnes Pieppiep, Tocktock! Es war, als riefen sie: Wiktor, Wiktor. Er erinnerte sich schmunzelnd daran, wie seine Eltern über den Meldebeamten gelästert hatten. Der blinde, alte Esel, wie sein Vater immer betonte, hatte sich verschrieben, als er den Namen ins Register eintrug. Seither hieß er Wiktor statt Viktor. Seine Mutter hatte es als gutes Omen gesehen. Ein besonderer Bär brauche eben einen originellen Namen, hatte sie gesagt, und er sei schließlich speziell – für sie.

»He, Alter, was treibt dich hier in den Wald?«, kam es plötzlich abschätzig an sein Ohr. Das hatte er gar nicht gern! Solch ein Benehmen war er nicht gewohnt. Wiktors Nackenhaare stellten sich auf. Seine kleinen Augen suchten die Gegend ab, doch er konnte den Urheber dieser ungehörigen Anrede nicht ausmachen.

»Das sieht nicht gut für dich aus«, stellte die Stimme fest. »Dein stumpfes Fell schlottert um die Gebeine. Das Geklapper ist durch den ganzen Wald zu hören.«

»Was soll das? Wie sprichst du mit mir? Zeig dich, du Lausebengel!«, rief Wiktor zurück. Er würde dem Knirps schon eine Lektion erteilen, wenn er ihn nur endlich ausmachte. Denn er war sich sicher, es nicht mit einem großen Waldbewohner zu tun zu haben. Da entdeckte er eine kleine Maus mit ungewöhnlich großen Ohren, bekleidet mit einer blauen Latzhose, gradewegs vor ihm auf dem Weg.

»Hallo, alter Bär, ich bin Felix, eine Waldmaus. Hast du auch einen Namen?«

»Na, du machst mir Spaß! Ganz schön frech für dein Alter. Haben dich deine Eltern keine Manieren gelehrt? So spricht man nicht mit Älteren«, fügte der Bär hinzu und bückte sich umständlich hinunter. »Ich heiße Wiktor, mit W.«

»Aha, also Wiktor. Du bist ja nur ein Schatten deiner selbst. Bist du etwa krank?« Felix rümpfte die spitze Nase und flitzte geradewegs ins Unterholz zurück. »So wie es aussieht, sollte ich besser Abstand halten ...«

14

»Bleib doch.« Wiktors Unmut war schneller verflogen, als er aufgekommen war. Irgendwie fand er die Maus putzig. Er ließ sich auf einem Baumstumpf nieder.

Die kleine Wanderung hatte ihn ermüdet. »Ich war lange krank, doch jetzt geht es mir schon viel besser. Was machst du hier im Wald? Ich dachte, Mäuse leben auf Feldern und Wiesen.«

Felix trat vorsichtig wieder auf den Waldweg. »Ich bin ja auch eine Waldmaus. Da draußen leben nur die Feldmäuse«, fügte er verächtlich hinzu.

»Ach, dann ist ja alles klar.« Eine steile Falte zeigte sich auf Wiktors Stirn. »Dir steht es nicht zu, so über deine Vettern zu reden. Das macht man nicht.«

Felix überhörte die Belehrung. Er verschränkte die Arme vor der Brust. »Wie soll ich dir das erklären?«, gab er naseweis zurück. »Die ersten Mäuse lebten wie wir im Wald. Doch irgendwann reichte der Platz nicht mehr für alle aus. Da haben meine Ururahnen eine Art Wettbewerb ausgerichtet. Die Verlierer mussten aufs Feld hinausziehen. Und ich gehöre halt zu den Siegern.« Felix schlug sich mit einem breiten Grinsen auf die Brust. Dann machte er noch einen Purzelbaum. »Der Wald gehört uns. Was da draußen geschieht, ficht uns nicht an.«

»Weil du hier geboren bist, oder wie?« Wiktor wusst nicht, ob er lachen oder schimpfen sollte. Der Kleine ist ganz schön keck, meinte er zu sich. Wie kann man nur glauben, etwas Besseres als andere zu sein. Nur weil man wo geboren ist. Das ist doch Zufall! Vielleicht kann ich ihm eine Lehre erteilen, so ganz nebenbei, überlegte Wiktor. Ihm würde sicher noch was einfallen.

»Na, komm, Kleiner. So breche ich mir nur das Kreuz.« Er hielt Felix die Pranke hin. Die Maus kletterte flink darauf und saß sodann auf seinem Schenkel.

»Was redest du für einen Unsinn. Niemand ist besser, nur seiner Herkunft wegen, und niemand schlechter.« Das hatten ihm seine Eltern beigebracht, und die hatten es von ihren Eltern. »Niemand ist mehr als der andere.«

Wiktor flößte Felix aufgrund seiner Größe gehörigen Respekt ein, aber irgendwas begehrte in ihm auf, er hatte es nicht gern, zurechtgewiesen zu werden. Schließlich war er doch eine Waldmaus. »Wir sind halt etwas Besseres. Feldmäuse haben einen eher speziellen Intellekt.«

»Was ist das für ein Unsinn, du Wicht!« Wiktor wiegte verärgert sein Haupt. »Hochmut kommt vor dem Fall, hat schon mein Großvater gesagt.«

»Meine Eltern kriegen immer mal was Leckeres vom Feld. Gebratenen Mais, zum Beispiel. Hm! Aber sonst?«

»Ach, das nehmt ihr selbstverständlich«, meinte Wiktor nachdenklich. »Allerdings würde ich den jetzt auch nehmen oder irgendwas anderes. Ich habe lange nichts Anständiges mehr gehabt.«

Felix sah wieder etwas freundlicher zu Wiktor auf. »Magst du Honig? Ganz frisch und zuckersüß.«

Ihm lief allein bei dem Gedanken das Wasser im Maul zusammen. »Dein Jahresvorrat wird nur ein Häppchen für mich sein. Wie glaubst du, dass ich satt werden soll, Felix?«

»Ich kann dich doch nicht verhungern lassen!« Die Maus stemmte die winzigen Ärmchen in die Seite.

»Na dann, Felix, nehme ich deine Einladung an. Wo darf ich dich mit hinnehmen?«

»Lass mich bloß nicht fallen.« Felix setzte sich auf das bequeme Daumenpolster und wies in den Wald hinein. »Da geht es lang, alter Bär.«

Wiktor erhob sich leicht schwankend. Der Hunger setzte ihm zu. Und jetzt hielt er auch noch eine Maus in seinen Pranken. Wenn er sie fallenließe, würde sicher sein letztes Stündlein geschlagen sein. So oder so. Die Maus hatte Honig für ihn, ohne den wäre es für Wiktor ungleich schwerer. Er freute sich, so einfach an eine nahrhafte Mahlzeit zu gelangen. Felix ist doch ein Winzling mit Herz, lächelte Wiktor in sich hinein.

Mit jedem Schritt hallte es durch den Wald. Bumm, bumm. Unterdessen plapperte die Maus wie ein Wasserfall, erklärte Wiktor dies und jenes. Sie kamen an einigen Mäusesiedlungen vorbei, an denen Felix ihn jedoch mehr oder weniger achtlos vorbei lotste.

Windschiefe Hütten und allerhand Unrat sah er unter den Büschen, doch nirgends fand Wiktor eine Wasserstelle oder frisch angelegte Beete. Wenn er es recht bedachte, war es auch unsinnig, hier etwas anzupflanzen, die Sonne würde im Sommer kaum durch das dichte Laubdach dringen. Auch jetzt im Frühjahr ist es hier richtig trostlos, dachte er bekümmert. Felix erwähnte diese Siedlungen mit keinem Wort, er grüßte keinen der Mäuse, deren stummer Blick ihnen folgte. Wiktor fand das etwas befremdlich, sprach ihn aber nicht darauf an. Vielleicht ergab sich eine passende Gelegenheit. Wiktor hatte nur noch Hunger!

Plötzlich lichtete sich das Gestrüpp und Wiktor blieb mit stummen Staunen stehen. Vor ihnen breitete sich eine fast unendliche Lichtung unter einem strahlend blauen Frühlingshimmel aus. Überall grünte und blühte es nach Kräften. Eine warme Brise streichelte seine Seele.

»Ist das deine Heimat?«

»Ja, Wiktor, hier lebe ich.«

Felix wies den Weg zwischen Feldern und Wiesen hinauf. »Überall hier leben wir Waldmäuse in unseren Häusern unter der Erde. Manche haben sich sogar Paläste in aufgeworfene Hügel gegraben.« Diese waren mit herrlichsten Blumen bewachsen, die bunte Kleckse auf die Wiese machten. »Wir haben sogar einen eigenen Bienenstock und reinstes Wasser aus der Quelle von den Bergen da hinten.«

Auf den schmalen Gassen zwischen den Wiesenpflanzen tummelten sich Käfer, die mit Allerlei beladenen Karren zogen. Hunderte Ameisen trieben sie mit einer Grashalmpeitsche an oder führten sie am Halfter. Die Mäuse saßen zumeist wild diskutierend oder einfach nur träge im Schatten vor ihren Häusern. »Siehst du die Burg in der Mitte? Das ist unsere Festung. Dort lebt der Mäusekönig Fridolin der Große mit Berta, unserer Königin, geschützt von unserer Ameisen-Armee.«

Der wuchtige Ameisenhaufen glitzerte in der Sonne mitten auf der Lichtung. Und weit hinten begrenzte eine Bergkette im Dunst das Land.

Wiktor gefiel, was er sah. Er trat an den Bachlauf, der in den Wald führte. Die Maus setzte er vorsichtig auf einem Felsen ab. Dann nahm er einen guten Schluck des reinen Wassers. »Das tut gut und füllt meinen knurrenden Magen.«

»Später zeige ich dir das Honiglager.«

»Das tun wir doch nur für Freunde, Felix.« Eine Waldmaus kam aus dem Gebüsch. Sie war wie Felix mit einer Latzhose bekleidet. Dazu trug sie noch ein gelbes Käppi mit schwarzen Streifen zwischen den Ohren. »Wo hast du denn den Bären aufgegabelt?«

Der Angesprochene sah von Ernie zu Wiktor hoch, der den Ankömmling neugierig betrachtete. »Ernie, das ist Wiktor. Er hat so jämmerlich ausgesehen. Ich kenne da keine Grenze, das weißt du doch.«

»Was redest du, kleiner Freund«, warf Wiktor ein. »So schnell wirft mich nichts um, Ernie.«

»Felix' Freunde sind auch meine.« Ernie reichte Wiktor die Hand. »Ich beaufsichtige die Honigproduktion«, meinte er nicht ohne Stolz. Dann nahm er auf der Pranke neben Felix Platz. Der rief. »Das ist ein Spaß, Ernie! Auf geht's, Wiktor.«

Plötzlich ertönten schrille Pfiffe! Es entstand ein Tumult, überall erschallten Warnrufe und Schreie. Wiktor sah Mäuse, Käfer und Ameisen scheinbar ziellos durcheinanderlaufen. Was ist das? Droht Gefahr? Was ist nur los? Das ganze Dorf war auf den Beinen. Die Mäuse, die gerade noch träge in der Sonne gesessen hatten, wimmelten wild durcheinander. Und vom Ameisenhügel kamen Heerscharen bis an die Zähne bewaffneter Ameisen-Soldaten. Wiktor blieb stehen und sah sich verwundert um. Ernie und Felix klammerten sich an seinen Daumen. Er fühlte ihren aufgeregten Herzschlag.

»Das sind bestimmt wieder die Feldlinge!«, rief Ernie mit geballten Fäusten, und sein Gesicht wurde puterrot.

»Das gibt Krieg!« Felix rümpfte verächtlich die Nase. »Die wollen nur wieder unseren Honig und all die anderen Leckereien, die wir im Wald gesammelt haben. Denen heizt die Armee schon tüchtig ein, dann wird ihnen die Lust auf Süßes vergehen!«

Wiktors alte Augen erblickten Hunderte Mäuse auf dem Waldweg entlang kommen. Manch eine Maus stolperte mit geschultertem Bündel über den Weg. Andere hielten Mäusekinder an der Hand. Nein, das war kein Feldzug! Das waren Flüchtlinge! Doch wovor flohen sie?

»Ich glaube nicht, das sie in einen Krieg ziehen«, meinte er und schritt den Waldweg entlang auf den Mäuse-Treck zu. Felix und Ernie konnten sich gerade so festhalten. »Wir werden sie einfach fragen, denke ich. Am besten bevor die Armee sich ihnen in den Weg stellt.«

»Wiktor, du kennst die Bagage nicht! Sie sind faul und stinken! Und bislang hat es nur Ärger gegeben, wenn welche von denen herkamen.«

»Ernie, nicht alle, denk an Martin und Bernhard. Sie kamen doch letztes Jahr mit ihren Familien, nach der großen Flut, die auch uns beinahe erreicht hätte«, erklärte er. »Ein paar leben heute unter anderem in den Siedlungen, wo wir vorbeigekommen sind, oder sie wanderten weiter, Wiktor.«

»Ach, ja. Sie hatten uns nachgesehen, als wir an ihrem Dorf vorbeigekommen sind.«

»Wir haben ihnen das Baumaterial überlassen und auch einen großen Teil unserer Wintervorräte. Das meiste haben sie achtlos verrotten lassen. Da haben wir ihnen kein Holz mehr gegeben. Kein Wunder, sind halt doch nur Feldmäuse, auch wenn sie jetzt im Wald leben! Arbeiten tun die jedenfalls nicht!« Ernie spuckte verächtlich aus. Gottlob traf er Wiktor nicht.

»Wir wollten sie nicht bei uns haben, da haben wir ihnen dieses Dorf zugewiesen, dass uns vor Generationen gehört hatte. Doch wir zogen auf die Lichtung, weil es hier schöner ist.«

Wiktor schüttelte nur den Kopf. Wenn er den beiden zuhörte, wurde ihm ganz anders. Wie konnte man nur so hartherzig sein. Die Feldmäuse hatten ihnen doch nichts getan! Sie hatten doch auch nur den Wunsch zu leben! Und wenn ein Unglück sie heimatlos machte, dann war man doch in der Pflicht! So jedenfalls war er erzogen. Natürlich brachte so was auch Unruhe in das eigene Dasein, aber die anderen fürchteten doch nur dessen Ende! Was wäre denn, wenn plötzlich der Wald brannte? Dann wären die Waldmäuse sicher froh, wenn sie auf dem Feld willkommen und in Sicherheit wären?

»Mal sehen, wie sich das Ganze entwickelt«, murmelte er. »Notfalls greife ich halt ein.«

»Was hast du gesagt, Wiktor?« Auf Felix' Stirn zeigte sich eine steile Furche.

»Ach, Felix. Das Ganze ist nicht in einem Satz gesagt. Mich betrübt nur die Arroganz und die Kälte, die aus euren Worten spricht. Große Dinge erfordern große Taten.« Er sah zu dem Treck hinüber, der recht nah gekommen war. »Für mich sieht das nach einem großen Unglück aus!«

»Das Unglück bricht gerade über unser kleines Paradies herein, mein Freund. Das wird Ärger geben, wie damals nach der Flut.«

»Wiktor, wir haben da so unsere Erfahrungen.« Ernie stellte sich ebenfalls auf die Hinterbeine und kniff ein Auge zusammen. Mit dem anderen beäugte er die langsam trottende Karawane. »Die können doch nicht alle zu uns wollen!«

»Schaut nur.« Wiktor wies den Weg zurück.

Felix sah die breite Spur der Ameisenarmee, denen eine Schar bis an die Zähne bewaffneter

Mäuse folgte. Wiktor stand wie ein Bollwerk zwischen den Parteien. Sie sahen von oben auf das Geschehen. »Kannst du uns absetzen? Wir wollen mitkriegen, was jetzt geschieht. Aber bleibe bei uns, falls ...«

»Bitte schön.« Wiktor ließ sich auf einem Baumstumpf neben dem Weg nieder. Dann ließ er die beiden neben sich von der Hand herunter.

»Von hier aus können wir alles gut sehen. Danke, Wiktor.« Ernie sah die Armee aufmarschieren, von der anderen Seite näherte sich der Treck. Zu ihren Füßen trafen sie aufeinander.

Während die Waldmäuse mit ihren Waffen hantierten, duckten sich die Feldmäuse. Ein Feldling mit zerlumpten Hosen trat vor.

»Wir kommen im Guten. Wir wollen nicht streiten! Unsere Dörfer wurden niedergetrampelt und die Felder angezündet. Wir nahmen, was wir tragen konnten, und eilten in den Wald. Hierhin konnten sie uns nicht folgen. Wir suchen nur Schutz und Frieden, jetzt, wo wir alles verloren haben.«

Eine andere Maus trat vor die Gruppe. »Riesige Ungetüme tauchten plötzlich auf und zerstörten mit ihren schweren Rädern alles, was sich ihnen in den Weg stellte. Kein Bau blieb verschont. Die Alten und Kranken mussten wir zurücklassen.«

Die Soldaten ließen die Waffen auf die Feldlinge gerichtet. »Ihr macht euch einfach aus dem Staub und überlasst die anderen ihrem Schicksal? Wir können Euch hier nicht brauchen.«

»Hätten wir uns nicht gerettet, wäre jetzt keiner mehr von uns am Leben! Wir haben einen langen Marsch hinter uns. Wir sind müde und haben schon seit Tagen nichts mehr gegessen.«

Da trat Fridolin, der Mäusekönig, in der Hand sein Zepter, hervor. Die Soldaten verstummten augenblicklich, denn der König war eine Autorität. Auch die Flüchtlinge waren gespannt, was er zu sagen hätte. Und die Eule, oben in der riesigen Fichte, spitzte die Ohren. Über den Weg kamen auch noch Mäuse von der Lichtung her. Sie waren in Sorge. Was würde mit den Flüchtlingen geschehen? Wo war die Grenze? Was, wenn sich noch mehr aufmachten, ihr Heil hier zu suchen? Andere Stimmen meinten: »Man muss ihnen doch helfen, oder etwa nicht?«

Ernie, Felix und auch Wiktor betrachteten das Ganze von erhöhter Position. »Wo soll das enden?«, fragte Ernie. »Wenn die alle hierbleiben, wie die anderen, dann kann es auch zu Unruhen kommen. Ich erinnere nur an die Vermissten. Daran sind die Feldlinge schuld! Sie haben sie verschleppt, um wer weiß was mit ihnen anzustellen.«

»Ach, Ernie, du glaubst auch jeden Mist! Dafür reicht ihr Verstand nicht ...«

»Was sind denn das für Reden?«, schimpfte Wiktor. »Man darf niemanden einfach seinem Schicksal überlassen, wenn er in Not ist. Ihr würdet doch auch auf Hilfe hoffen, oder?«

»Ich habe trotzdem Angst.«

»Wovor?« Wiktor rieb sich das Kinn. »Ich glaube, Fridolin wird das Richtige sagen.«

»Und hoffentlich tun. Da wären wir bei der ersten Frage: Was ist das Richtige?«, gab Felix zu bedenken. Ernie machte ein hilfloses Gesicht. »Das werden wir hoffentlich bald wissen.«

Nachdem der Tumult sich gelegt hatte, und alle auf Fridolin sahen, der sich auf einem Felsen über seine Untertanen erhob, nahm dieser das Megafon, eine aus einem goldenen Eichblatt gefertigte Flüstertüte, die ihm von seinem Minister gereicht wurde. Er ließ den Blick über die Untertanen schweifen.

»Bedenkt, was es heißt, seine Heimat ganz zu verlieren. Das ist ungleich schwerer als sein Haus aufzugeben, weil man woanders neu anfangen will. Wir können die Feldlinge doch nicht ihrem Schicksal überlassen. Wo wollen sie auch hin?«

Der König ließ das Megafon sinken. Er sah in betretene aber auch in skeptische Blicke. Doch er wusste, er hatte keine andere Wahl. Alles andere hätten sie ihm übelgenommen, wenn nicht gleich, so doch später. »Wie du es machst, ist es für den einen in Ordnung, der andere missbilligt es«, raunte Berta ihm zu. Sie war ihm von der Sänfte gefolgt, mit der sie hierher getragen worden waren. Sie sah mit warmem Blick zu ihrem Gemahl, dann legte sie ihre Hand auf seinen Arm. Der König schloss gerade seine Rede. »Fürs Erste könnt ihr hier euer Lager aufschlagen. Was morgen ist, werden wir sehen. Wir haben das letztes Jahr auch geschafft, Männer. Helft ihnen, ein Lager für die Nacht aufzubauen.«

»Das habe ich kommen sehen.« Zu ihren Untertanen sagte Berta mit mahnender Stimme: »Erinnert euch nur an die Flut, dann wisst ihr, was richtig ist.«

Die Soldaten machten betretene Gesichter. Sie erinnerten sich nur zu gut an die Katastrophe. Nur mit Glück waren sie von noch größerem Unglück verschont geblieben. Manch einer stöhnte auf, das würde wieder viel Aufregung und noch mehr Arbeit geben. Andere nahmen sogleich die Beine in die Hand und folgten den Anweisungen ihrer Vorgesetzten. Doch auch unter ihnen gab es manchen, dem die Entscheidung des Königs missfiel. Als ob sie nicht schon genug zu tun hätten! Doch fügten sie sich, schließlich hatte König Fridolin so entschieden.

In Windeseile schaffte sie Baumaterial heran und begannen mit dem Aufbau von provisorischen Zelten. Die kräftigsten Flüchtlinge halfen sogar mit, dass bald schon die ersten, Mütter mit ihren Kindern, einziehen konnten. Berta rief: »Viele Hände, schnelles Ende!« Das war schon von je her ihr Leitspruch gewesen. Sie wies die Sanitäter an, die Verletzten zu versorgen. Und zur Verpflegung der ausgehungerten Flüchtlinge plünderte ein Trupp die Kammern des Königreiches. Tausende Ameisen brachten Früchte und Getreidekörner zu den Wartenden.

»Fürs Erste sind sie versorgt«, meinte König Fridolin und stieg in die Sänfte. Berta nahm neben ihm Platz. Während sie von Dutzenden Käfern zum Schloss zurückgetragen wurden, legte sie ihm die Hand auf den Arm. »Das war unsere Pflicht, Liebster.«

»Ich weiß, Liebes, es war eine Entscheidung aus dem Bauch heraus.«

»Gerade das lieben sie aber auch an dir.«

»Aber dennoch wird es nicht leicht werden. Die Flutopfer meutern, weil sie glauben, dass wir sie nicht genug fördern. Dabei haben sie es trocken und warm. Und wenn sie selbst den Spaten in die Hand nehmen, könnten sie spätestens im Herbst in festen Häusern leben. Und die Waldmäuse werden immer unzufriedener.«

»Vielleicht ist gerade da eine Ursache.« Fridolin liebte den Gedankenaustausch mit Berta. Sie war ihm in all den Jahren seiner Regentschaft eine verlässliche Beraterin gewesen. »Die Vertriebenen lenken vom eigentlichen Problem ab. Wenn wir nicht aufpassen, gerät alles außer Kontrolle. Das richtige Tun ist stets das, worauf man gerne zurückblickt, sobald man erkennen kann, dass es das Richtige war.«

»Der Satz kommt mir bekannt vor.« Sie ahnte, dass mancher sich mit Fridolins Entscheidung schwertun würde.

Der Tumult um die Mäusekolonie am Bach war nicht unbemerkt geblieben. Von überall her betrachtete man neugierig aus der Ferne, was sich bei den Waldmäusen tat. Der Fuchs schlich ruhelos durch das Dickicht. Er sah wieder einmal Chancen auf fette Beute, und auch ein Uhu rechnete mit Jagderfolg. Er saß hoch oben im Wipfel einer knorrigen Eiche und blinzelte in die Sonne. Der Aufmarsch auf dem Waldboden hatte ihn um den Schlaf gebracht. Die Aussicht auf ein saftiges Nachtmahl besänftigte ihn aber. In der Nacht würde er sich die eine oder andere unvorsichtige Maus zu holen wissen. Die entfernt lebenden Waldvölker ließen sich von fliegenden Boten berichten. Elstern frohlockten. »Vielleicht bringen sie auch Wertvolles mit! Das nehmen wir uns dann.«

Am anderen Ende des Waldes verfolgte eine andere Waldmäusekolonie skeptisch das Treiben. »Ein Glück, dass deren Route nicht bei uns entlang ging. - Wenn das mal kein schlechtes Omen ist. - Vielleicht kommen noch mehr! - Wo sollen die denn alle hin?« Doch man beruhigte sich auch wieder. Insgeheim war man froh, dass die eigene Welt nicht davon berührt wurde. »Den Kelch mag König Fridolin austrinken. Wir haben damit nichts zu schaffen«, grummelte Igel Paul, der in der Nähe sein Lager unter einem Laubhaufen hatte. »Das wird kein gutes Ende nehmen!«

»Ach, was du nicht sagst!« Der fette Regenwurm Willie rettete sich gerade noch rechtzeitig in die vom letzten Regen noch feuchte Erde, ehe Paul ihn entdecken konnte.

»Damit wäre wohl die erste Aufregung geschafft, Freunde!« Wiktor sah den Soldaten und den Dorfbewohnern nach, die der Sänfte ihres Königs folgten. Die Neuankömmlinge beruhigten sich allmählich, nachdem jeder einen Schlafplatz gefunden hatte. Über allem lag eine friedvolle Stimmung, die im schönensten Abendrot ihren Höhepunkt fand. Er blinzelte in die untergehende Sonne. »Und, was machen wir mit dem angebrochenen Abend?«

»Ich denke, wir haben uns ein kleines Festmahl verdient«, lachte Felix. »Ich hatte dir Honig versprochen. Dafür ist jetzt die richtige Zeit, nicht wahr, Ernie?«

Der nickte. »Gut dass ich einen Schlüssel zu den Vorräten habe.«

»Eine gute Idee, mein kleiner Freund.« Wiktor hatte über all der Aufregung ganz vergessen, dass er hungrig war. Jetzt polterte sein Magen laut. »Wohin darf ich euch mitnehmen? Dann komme ich nämlich schneller zu meinem Abendessen.«

»Wiktor, immer dem süßen Duft nach. Aber sei vorsichtig, wo du hintrittst.«

Ernie hüpfte vom Baumstumpf auf Wiktors Hand. Felix tat es ihm gleich. »Und dann zeige ich dir eine Höhle, wo du schlafen kannst, Wiktor. Schließlich brauchst auch du ein Quartier.«

»Das ist sehr freundlich von dir, Felix.«

Wiktor tapste vorsichtig den Weg entlang, der um die Lichtung herumführte. Es wäre zu gefährlich gewesen, den direkten Weg durch das Dorf zu nehmen. Das hätten die Häuser und deren Bewohner nicht unbeschadet überstanden. Die Bienen waren wenig erfreut über den späten Besuch.

»Das ist Wiktor, meine Lieben, er tut euch nichts. Aber ich brauche für ihn was vom letztjährigen Honig. Der ist doch noch nicht aufgebraucht. Schließlich soll keiner sagen, wir würden ihn hungrig ins Bett gehen lassen.«

Der Wachposten zögerte einen Moment, als er den Bären sah. »Dass er aber nicht zu viel bekommt, sonst sind keine Reserven mehr da, wenn noch mehr Flüchtlinge kommen. Die müssen auch versorgt werden. Ich werde sehen, was wir noch haben.«

»Wir helfen dir«, riefen Ernie und Felix wie aus einem Munde. Sie folgten in die aus Stein gehauene Höhle, in der die Vorräte lagerten. Während dessen tippelte Wiktor ungeduldig von einem Bein aufs andere. Am liebsten hätte er sich auf den Honig gestürzt. Doch das konnte er seinen Freunden Felix und Ernie auch nicht antun. Der Verzicht würde ihn sicher hart treffen, sein Magen knurrte immer mehr. Aber vielleicht fanden sich morgen irgendwo schon erste Früchte, die nahrhaft waren. Für heute musste er sich mit dem Almosen zufriedengeben. Besser als nichts, dacht er. »Hoffentlich kommen die bald wieder zurück. Es wird gleich dunkel.«

Augenblicke später hatte Felix einen dicken Batzen Honig auf dem Arm. Ein paar Wachbienen zogen einen ganzen Karren aus der Höhle. Ernie verschloss sorgfältig das Tor. »Gut, dass ich den Schlüssel nicht zu Hause gelassen habe. Das wäre geschafft.«

»Ich danke euch, ihr lieben Freunde. Das wird für ein Weilchen reichen. Und wenn nicht, habe ich noch ein wenig Speck an den Hüften.« Wiktor mundete der Honig so gut, dass sein Magen augenblicklich zu knurren aufhörte. Felix schleckte sich die Finger ab. Er hatte ein wenig Honig aufgefangen. »Morgen ist auch noch ein Tag. Für heute ist mein Bedarf gedeckt.«

Ernie strich sich einen Honigtropfen aus der Stirn »Hoffentlich wird meine Frau nicht böse sein, dass ich so spät heimkomme. Aber besondere Tage sind eben besondere Tage. Ich mach, dass ich heimkomme. Es ist schon fast dunkel. Gute Nacht, Freunde.«

»Ich zeige dir noch die Höhle, Wiktor. Dann werde auch ich mich trollen. Es war schön, dich kennengelernt zu haben.«

»Auch für mich war es ein schöner Tag, auch wenn mir altem Zausel Aufregung nicht so guttut. Aber ...« Wiktor leckte sich die Tatzen. »Am Ende wird alles gut.«

»Das hoffen wohl alle«, meinte Felix nachdenklich und unterdrückte ein Gähnen.

»Nun macht, dass ihr fortkommt!«, mischte sich der Wachposten ein. »Es ist bald Nacht.«

»Na dann komm, Wiktor. Gleich hier um den Busch herum. Grad recht für einen so großen Freund wie dich.«

»Ich denke, ich finde den Weg allein, mein kleiner Freund.« Er sah sich um. Es würde bald finster im Wald, auf der Lichtung war kaum noch ein Laut zu vernehmen. »Mach, dass du heim zu Frau und Kindern kommst. Morgen ist der Rest unserer Zukunft. So oder so.«

Nur wenig später lag ein tiefer Frieden über der Lichtung und dem Wald. Die Aufregung des Tages hatte sich gelegt. Die Waldmäuse kuschelten sich in ihre Daunen, die Feldmäuse waren froh, in ihrem Unglück nicht alleingelassen zu sein, und der Fuchs hatte dem Hasen schon »eine gute Nacht« gewünscht. Nur Wiktor lag in der engen Höhle noch wach. »Wer hätte gedacht, dass dieser Tag so endet? Dabei wollte ich doch nur einen kurzen Spaziergang machen. Hauptsache, alles ist gut.«

Er schloss die Augen und war so schnell eingeschlafen, dass er nicht mehr mitbekam, wie der Uhu sich auf seinen nächtlichen Rundflug machte, in der Hoffnung auf ein kleines bisschen Jagdglück.

Der Bläuling
und die Wasserjungfer

Es war ein Sommertag wie gemalt.

Benny, ein Schmetterling der Familie Bläuling, flog zu dem See, wo es die schönsten Blumen und den besten Nektar geben sollte. Und vielleicht eine Partnerin für ihn. In seiner Heimat gab es viele Bläuling-Damen, doch die einen waren vergeben und die anderen wollten ihn nicht. Und das, weil er nicht ein rechter Bläuling war: Er trug auf dem linken Flügel einen gelben Fleck, der dort nicht sein dürfte.

Als die Sonne im Zenit stand, erreichte er einen See inmitten bunter Wiesen. Das Wasser glitzerte in der Sonne, und die herrlich anzuschauenden Wiesen zogen ihn magisch an. Eine paradiesische Idylle. Müde vom langen Flug ging er nahe am See nieder und fächelte sich Kühlung zu. Ist das schön!

Gelber Löwenzahn, blaue Kornblumen, rosafarbene Flockenblumen, roter Mohn und noch viel mehr Pflanzen in herrlichen Farben standen in voller Pracht im hohen Gras und verbreiteten ihren verführerischen Duft. Die Luft flimmerte von bunten Artgenossen und quirligen Vögeln, und aus dem blühenden Wiesenteppich drang das Zirpen der Myriaden von Grillen.

In Gedanken versunken betrachtete er die fleißigen Bienen und Schmetterlinge, von denen einer schöner als der andere war. Da waren grellgelbe Zitronenfalter, buntscheckige Schwalbenschwänze und einfarbige oder metallisch in der Sonne schimmernde Artgenossen. Überall sang, zwitscherte, schwirrte, raschelte und zirpte es. Nachdem er vom Nektar einer verlockenden Pflanze genascht hatte, ruhte er auf großen weißen Dolde aus.

Man hatte ihm nicht zu viel versprochen!

Wellen kräuselten sacht die Oberfläche des klaren Sees, auf dem es von Mücken wimmelte.

Einer Entenmama folgten acht piepsende und aufgeregt mit ihren winzigen Flügeln schlagende kleine Federknäuel. Und der Entenpapa patrouillierte mit stolz erhobenem Kopf über seinen See.

Hier war es wunderschön. Ob er hier fand, was er suchte? Benny breitete die Flügel aus, hob sich in die Lüfte. Er nippte hier und da an köstlichem Nektar, so dass er die innere Traurigkeit, die ihn hierhergeführt hatte, rasch vergaß.

Da bemerkte er eine Wasserjungfer, die unendlich traurig singend über das Wasser tanzte. Sie war etwa doppelt so groß wie er und von eigener Schönheit, ihre silbrig glänzenden Flügel reflektierten die Sonne. Sie tanzte und sang ohne Unterlass ihr elegisches Lied.

»Warum singst du so traurig, Libelle?«

Die Angesprochene verstummte augenblicklich und hörte auf zu tanzen.

»Was willst du von mir? Lass mich in Ruhe!«

»Na ja, ich dachte, ich könnte dir Gesellschaft leisten. Wenn du nicht willst, dann gehe ich eben.«

»Nein, bitte bleib, Bläuling.«

»Weshalb bist du traurig? Hier ist es herrlich und die Sonne scheint.«

»Du weißt nicht, was ich leiden muss.« Die Libelle schnäuzte. Benny war irritiert. Was konnte sie für Sorgen haben? Hier, wo es gab, was das Herz begehrte. »Willst du mir erzählen, was dich bedrückt?«, fragte er und ließ sich neben ihr auf einem Stein nieder.

»Ich weiß nicht, ich kenne dich nicht. Du kannst mir eh nicht helfen.«

Die Libelle putzte eifrig ihre Flügel und sah so bekümmert drein, dass Benny betreten schwieg. Dann fragte er: »Wie heißt du? Ich bin Benny.«

»Mein Name ist Jasmin«, sie schnäuzte sich wieder, »aus der Gattung der Wasserjungfern.«

»Da wo ich herkomme, gibt es viele Libellen, aber bei Weitem nicht so schöne wie du.« Er sah Jasmin strahlend an. Sie aber mochte sich über das Kompliment nicht recht freuen. »Das sagst du, um mich zu trösten. Ich bin überhaupt nicht schön. Du, Benny, du bist schön. Und der gelbe Fleck auf deinem Flügel macht dich zu einem besonderen Bläuling.«

»Er ist schuld an meiner Misere. Alle Bläulinge haben ihre Dame gefunden; nur mit mir will keine was zu tun haben, weil ich anders bin.«

»Seit wann bist du hier? Ich habe dich noch gesehen.« Jasmin putzte sich.

»Ich habe andere von diesem See schwärmen hören. Und da bin ich einfach losgeflattert. Mich vermisst ohnehin keiner.« Benny breitete seine Flügel aus und flog eine Runde über den See. Er seufzte. »Du hast es gut. Der See, die Wiese ... alles, was unsereins zum Leben braucht.«

»Das mag für dich so sein. Ich ...«

»Komm, lass uns eine Runde über die Wiese fliegen.«

»Nein, ich bleibe lieber hier«, säuselte Jasmin. »Hier finde ich, was ich brauche.«

Die Libelle hob sich in die Lüfte und ihre straff gespannten Flügel flirrten in der Luft. Dann schwebte sie dicht über der Wasseroberfläche und machte sich an die Wasserinsekten heran.

Er hätte gern gewusst, was sie so traurig machte. Sollte er sie fragen? Ach, nein, das konnte er nicht. Sie sah gut aus und dennoch war sie unzufrieden, traurig und allein.

Noch war ein reges Treiben auf der Wiese, obwohl die Sonne schon tief am Horizont stand. Bald würde es dunkel und ruhiger werden. Da hörte er eine Stimme: »Guck dir den mal an, das ist aber ein komischer Bläuling. Mit dem gelben Fleck auf dem Flügel. – Der sieht aber seltsam aus. Was der hier bloß will!? Soll er doch dahin zurückgehen, wo er hergekommen ist. Den Sonderling brauchen wir hier nicht. – Ach, lasst ihn. Er wird uns nicht stören, hoffentlich verschwindet der bald wieder.«

Benny schluckte. Das hatte ihm gerade noch gefehlt, dass die hier genauso blöd waren wie zu Hause! Er tat, als hätte er nichts gehört, und flog zum See zurück. Er hatte genug von der Wiese und ihren arroganten Bewohnern. Jetzt stand die Sonne tief und das Wasser leuchtete im Gold und Purpur der Abenddämmerung. Die Entenfamilie hatte sich ins hohe Gras zurückgezogen und die Frösche begannen ihre quakende Serenade. Über allem lag ein Frieden, den Benny gern in seinem Herzen gespürt hätte. Doch die Worte seiner Artgenossen hatten ihn tief getroffen. Hier konnte nicht das Paradies sein! Er wollte heim! Er ließ sich neben Jasmin nieder.

»Erzähl mir von deiner Heimat, Benny.«

»Es ist anders als hier.« Benny sah sich um. »Der See ist viel größer. Die Wiese ist aber kleiner. In der Nähe sind Weiden und ein Wald. Oft fliege ich zu einem Hof. In dem Garten sind herrliche Blumen. Und auf dem See tanzen zahllose Libellen«, fügte Benny hinzu und wartete ab, was sie dazu sagen würde. Hörte sie ihm überhaupt zu? Aus der Nähe und im Zwielicht der Dämmerung sah sie noch schöner aus. Sie war viel größer als er, aber sie machte ihm keine Angst. Er hatte sie liebgewonnen, obwohl sie sich kaum kannten. Könnte sie seine Freundin sein? Er sah zu ihr. »Was ist mit dir? Warum weinst du?«

»Ach, nichts. Ich will dich nicht mit meinem Kummer belasten.« Jasmin räusperte. »Und dir, gefällt es dir hier?«

»Nein. Morgen früh fliege ich zurück.«

»Oh.« Sie schaute jetzt noch trauriger drein. »Du willst wieder fort?«

Er rückte näher an Jasmin heran. »Hier will ich nicht bleiben.«

»Warum? Vorhin hast du noch betont, wie schön es hier sei.«

»Das war vorhin, aber ...«

»Meinst du, ich könnte mit dir kommen?« Sie sah ihn fragend an.

Das wäre die Lösung! Dann hätte er endlich eine Freundin.

»Wirst du das alles hier nicht vermissen? Es ist deine Heimat.«

»Was soll ich hier, allein?«, antwortete Jasmin. Bennys Aufregung übertrug sich auf seine Stimme. »Dann lass uns gleich morgen früh aufbrechen.«

»Ich freue mich.« Jasmin reckte sich und berührte leicht Bennys Flügelspitze. Er spürte ein Gefühl, das ihn glücklich machte.

Die Nacht senkte sich über den See. Die Frösche hatten ein Einsehen mit den Bewohnern des Teichs, einer nach dem anderen hörte auf zu quaken. Und als der Abendstern am nächtlichen Firmament aufzog, lagen Benny und Jasmin einträchtig nebeneinander auf einem Stein und schliefen in einen neuen Tag hinein. Die Entenfamilie schwamm versöhnlich über das Wasser und die Luft schwirrte von Insekten. Jasmin schien überhaupt nicht traurig, diese Gegend zu verlassen. Und auch Benny war froh, an seinen See zurückzufliegen. Die schlechten Reden von den anderen auf der Wiese hallten noch in seinen Ohren nach. Alles war besser als das!

Ab und an ließ er sich auf einem Löwenzahn oder einer anderen Feldblume nieder, um sich zu stärken. Jasmin wartete jedes Mal geduldig, bis er sie eingeholt hatte.

Gegen Mittag erreichten sie seine Heimat. Der bunte Wiesenteppich lockte in allen erdenklichen Farben und es duftete süß. Benny flog zuerst zum See, obwohl er sich lieber direkt auf die Wiese gestürzt hätte. Müde und hungrig ließ er sich am Ufer nieder. »Da wären wir.«

»Du hast nicht zu viel versprochen. Hier ist es schön.« Jasmin blickte sehnsüchtig über das weite Wasser. Es reichte bis zum Horizont und war umgeben von hohem Schilfgras, in dem man die Kinderstuben der Teichbewohner erkennen konnte. Unzählige Insekten wirbelten über die Wasserfläche, auf der sich zahlreiche Entenfamilien tummelten. Ein weißes Schwanenpärchen zog seine majestätischen Kreise, im Schlepptau sechs flauschig grau gefiederte Küken.

»Gefällt es dir?« Benny sah zu ihr auf.

»Er ist schön – und so groß! Bis nachher. Ich habe Hunger.« Jasmin flog eine Runde über das Wasser. Ihre Flügel flirrten in der Sonne, während sie sich ein paar Wasserflöhe schnappte. Der gelbe Fleck auf dem Flügel zitterte wie eine kleine Sonne, als Benny sich erhob.

Die Wiese leuchtete in den Farben des Regenbogens. Zahllose Blumen reckten ihre bunten

Köpfe der Sonne entgegen. Hungrig ließ er sich auf einer Taglilie nieder. Sie hatte gerade ihren Blütenkelch geöffnet. Noch ehe dieser Tag endete, würde sie vergehen. Ihren Nektar mochte er gern. Dann flog er zu einer Witwenblume und landete auf der lilafarbenen Dolde.

Alles schien wie vor zwei Tagen. Er sah seine Artgenossen eifrig umherschwirren, doch sie beachteten ihn nicht. Er fühlte sich ausgeschlossen. Da fasste er sich ein Herz und flog zu einem Zitronenfalter.

»Was ist hier los? Niemand spricht mit mir. Was habe ich getan?«

»Das fragst du noch?« Der Falter sah ihn aufgeregt an, seine Flügel zitterten.

»Du hast dich mit einer Wasserjungfer angefreundet, einem Feind! Wenn die nichts Besseres findet, dann wird sie uns verspeisen. Der große Wiesenrat« hat dich aus der Gemeinschaft ausgeschlossenen. Ich dürfte nicht einmal reden mit dir.« Fort war er.

Benny hockte enttäuscht auf einer großen weißen Dolde. Das hast du nun davon, dachte er traurig. Wenn ich Jasmin nur nicht kennengelernt und mitgenommen hätte! Dann wäre das alles viel leichter zu ertragen. Benny hatte sich aber nicht nur den Zorn des Wiesenrates zugezogen. Der Admiral war der unumstrittene Herrscher. Er kannte keine Gnade und akzeptierte nur reine Rassen; alles andere war nicht wert, die Wiese mit ihm zu teilen. Und viele seiner Gefolgsleute stimmten ihm zu. Benny sah den Admiral selbstgefällig auf einer golden leuchtenden Riesendolde thronen. Dem flog er besser nicht vor die Fühler!

»Na, da ist er ja wieder, der Benny! – Was der an der Jungfer findet? – Wer sich gegen Ratsbeschlüsse stellt, muss ausgeschlossen werden. – Ein Schmetterling und eine Wasserjungfer! Welch ungleiches Paar! Hoffentlich verspeist sie ihn, dann sind wir ihn los. Er hat genug angerichtet. – Benny hätte sich dem Beschluss des Admirals beugen und Marie heiraten sollen. Zwei, die zusammengehören. Dann rennt er einfach auf und davon. Und jetzt kommt er mit der Wasserjungfer zurück. Das ist der Gipfel der Unverschämtheit! – Unvernünftig! – Lass uns erfreulicheren Dingen widmen. Was wollen wir unsere Zeit vertun.« Fort waren sie.

Marie war der wahre Grund für sein Dilemma. Marie! Er hatte sich gegen den Admiral gestellt, weil er sie nicht heiraten wollte. Sie war ein

Bläuling wie er, aber eine Xanthippe und hässlich obendrein. Da war er lieber geflohen. Natürlich verstand er den Unmut der anderen. Man verbündet sich nicht mit dem Feind der eigenen Gattung. Doch er mochte Jasmin. Und da war es ihm egal, was die anderen davon hielten. Sie schien ihn nicht verspeisen zu wollen. Aber er würde lieber alleinbleiben, als sich mit ihr einzulassen!

»Ich habe dich so vermisst.« Marie!

»Lass mich in Ruhe! Du bist an allem schuld!« Er kehrte ihr die Flügel zu.

»Wenn du mich heiratest, ist niemand mehr böse mit dir. Ich will dich.«

»Weil der Admiral das sagt, stimmt's?«, rief Benny. »Dich nimmt ja keiner freiwillig.« Und ich auch nicht, fügte er in Gedanken hinzu.

»Der Admiral hat uns einander versprochen.«

Benny schnaubte. »Dazu gehören zwei! Ich spiele da nicht mit. Wärest du schön oder klug, aber du bist eine böse Frau und hässlich dazu. Niemals!«

»Das wird dir noch leidtun! Dann wirst du alleinbleiben müssen.«

»Ich habe genug von dir. Verschwinde!« Benny flog auf eine benachbarte Dolde. Mit ihr auf einer Blume, das war zu viel! Sie war die Letzte, die ihn reizen konnte. Und wenn es nicht einen Bläuling mehr gäbe, Marie niemals!

»Und was ist das für eine Geschichte mit dieser Wasserjungfer?«, bohrte Marie.

Sie machte Anstalten, ihm auf seine Blume zu folgen, blieb aber doch sitzen. »Hast du was mit ihr?«

»Ich weiß nicht, was dich das angeht. Jasmin und ich sind Freunde; sie ist gut zu mir. Und ich habe sie mitgebracht, weil sie einsam war.«

»Die anderen denken, du hast sie mitgebracht, den Admiral zu vernichten.«

»Schmarren!« Benny lachte. »Und jetzt lass mich in Frieden.«

Das war alles zu viel! Er musste nachdenken, doch dazu brauchte er Ruhe. Von einer leichten Bö ließ er sich emportragen und flog zu dem Garten, wo er für sich sein konnte. Auf einer der bunten Blüten ließ er sich nieder. Nur wenig später beruhigte sich sein Herzschlag. Er kostete vom Nektar und wischte sich mit den Fühlern Pollen aus den Augen. Da bemerkte er eine unbekannte Bläuling-Dame, nicht weit von ihm auf einer gelben Dolde. Sie putzte ihre Flügel. Ihr braungraues Kleid ließ sein Herz wieder höherschlagen. Doch diesmal waren es freudige Hüpfer, die es machte. *Sie ist es! Die ist schön!* Benny blickte schwärmerisch zu ihr. Sie musste seine Frau werden! Er nahm allen Mut zusammen. »Hallo, Bläuling. Was machst du hier? Ich habe dich noch nie gesehen.«

»Das Gleiche könnte ich dich fragen. Ich wohne hier; es ist mein Garten.«

»Ich war schon oft hier, habe dich aber nie bemerkt.« Stotterte er etwa? »Übrigens, ich bin Benny. Ich komme von dem See da drüben. Und du?«

»Ich heiße Mimi.« Sie lächelte ihn an. Dann stutzte sie. »Du hast einen schönen Fleck auf dem Flügel.«

»Was den Fleck angeht; er hat mir bisher nur Ärger eingebracht.«

»Ich finde ihn lustig.« Sie umkreiste ihn. »Du scheinst auch noch nett zu sein.«

»Das sage mal den anderen! Die sind nicht deiner Meinung.« Benny flatterte unruhig mit den Flügeln. Wenn sie nur aufhörte, ihn anzuschauen! »Noch dazu, wo ich mit einer Libelle befreundet bin.«

»Mit einer Wasserjungfer! Ist das dein Ernst?« Sie blieb wie angewurzelt stehen.

»Ich habe sie an einem See weit fort von hier kennengelernt und mitgenommen. Hier ist sie bald nicht mehr einsam.«

»Bist du zu allen so nett? Die Libelle hätte dich verspeisen können.«

»Hat sie aber nicht«, entgegnete Benny trotzig. »Jasmin ist meine Freundin.«

»Wo du so schön bist, dass du dich vor Verehrerinnen kaum retten könntest.«

»Die, die ich haben wollte, wollten mich nicht. Und Marie will ich nicht!«

»Wer ist Marie?«

»Marie ist nicht schön und dumm dazu. Die will ich nicht! Ich habe nur noch Jasmin.«

Sie flog zu ihm auf die Dolde. Ihre Flügel berührten sich. »Ich wäre gerne deine Freundin.«

»Willst du das wirklich?« Bennys Herz hüpfte vor Freude. »Hast du Lust, Jasmin zu besuchen?«

»Gerne möchte ich sie kennenlernen.« Ihre Fühler berührten sanft die seinen. »Ich möchte alles von dir wissen und mit dir teilen. Und wenn du mit einer Libelle befreundet bist, will ich sie kennenlernen.«

Die Sonne schien heller und wärmer, die Blumen dufteten lieblicher und war noch farbenfroher. Da war eine Bläuling-Dame, die ihn wollte! Und er fand Mimi nett, sogar sehr nett. Ob was daraus werden konnte? Er traute sich nicht, zu hoffen. »Dann lass uns gleich hinfliegen. Ich will wissen, wie es ihr ergangen ist.«

Sie flogen zum See, der im Licht der Sonne wie ein blank geputzter Spiegel aussah.

Benny erblickte Jasmin sogleich und flog auf sie zu. »Hallo, Jasmin.«

»Hallo, Benny. Wen hast du denn da mitgebracht?«

»Das ist Mimi. Ich habe sie in dem Garten kennengelernt, von dem ich dir erzählt habe.«

Die Wasserjungfer war Mimi nicht geheuer. Doch sie schien wirklich keine schlechten Absichten zu haben. Sie entspannte sich.

»Schön für dich«, murmelte Jasmin mit leicht gereiztem Unterton in der Stimme. »Da hat sich dein Tag ja gelohnt.«

Benny schlug seine Flügelchen auf und ab, was wohl Zustimmung bedeutete.

»Und du? Hast du Anschluss gefunden?«

»Nein, bisher nicht. Dann wirst du wohl von hier fortgehen?«

»Das denke ich.« Benny bemerkte den eingeschnappten Unterton in Jasmins Stimme. Er war doch nicht ihr Eigentum! Er konnte tun und lassen, was er wollte.

»Hier gibt es bestimmt jemanden für dich, Jasmin. Und wir kommen dich besuchen.«

Sie zuckte scheinbar gleichgültig mit den Schultern. »Jetzt, wo du eine Freundin hast, wirst du mich vergessen.«

»Nein«, entgegnete Benny. Er berührte Mimis Flügelspitzen. »Aber sie ist ein Bläuling wie ich. Und du wirst auch einen Partner finden, der zu dir passt.«

»Wenn ich wie du wäre, hätten wir ...«

Jasmins Stimme hatte einen eigenartigen Klang bekommen. Benny sah betreten drein. Mimi hatte die ganze Zeit schweigend dagesessen, doch jetzt konnte sie nicht mehr einfach nur zuhören. »Wenn du dich umsiehst; es gibt hier wirklich genug Wasserjungfern. Eine wird auch für dich dabei sein.«

»Wir hatten von vorn herein keine Chance.« Benny fasste sich. »Du bist eine Libelle und ich ein Schmetterling. Das passt nicht zusammen. Ich kann dein Freund bleiben, doch Mimi gehört an meine Seite.«

»Jetzt will ich euch nicht länger aufhalten; ihr gehört nicht an den See.«

Benny sah ihr mit unglücklichen Augen nach. Das hatte er so nicht erwartet. Er hatte es doch nur gut gemeint. Und außerdem waren sie zu verschieden, als dass aus ihnen mehr als nur Freunde hätten werden können. »Sie hat es nicht leicht. Aber wenn sie Geduld hat, findet sich alles. Komm, lass uns heimfliegen.«

»Und wohin ist das?«

»In unseren Garten. Außer du teilst ihn nicht mit mir.«

»Es gibt nichts, was ich lieber tu.«

Wenig später saßen die beiden einträchtig auf einer weißen Dolde und schauten ins Abendrot. Gerade schloss sich vor ihnen der gelbe Kelch der Taglilie; sie würde bis zum Morgen vergehen. Für sie beide aber könnte es der Beginn von allem sein. Benny dankte im Stillen dem Admiral und all den anderen, die ihn vertrieben hatten.

Das soll meine neue Heimat werden, dachte Jasmin. Die Sonne stand tief und die seichten Wellen schimmerten rotgolden. Die vielen Enten, die Schwanenfamilie, die große Schar Libellen und anderer Wasserinsekten und ein nicht minder großer Chor Frösche gaben dem

See Beschauliches und Aufregendes. Außer der Entenfamilie und den Schmetterlingen hatte es an ihrem See keine Abwechslung gegeben. Hier gab es Zerstreuung genug. Dennoch fühlte sie sich inmitten der vielen Artgenossen einsam.

Mit surrenden Flügeln tanzte sie über das Wasser auf der Suche nach einem Platz, an dem sie die Nacht verbringen konnte. Gerade als das letzte Licht des Tages erlosch, hatte sie ein Nachtlager im Schutz des Schilfgrases gefunden und schaute müde in den sternenklaren Himmel. Gestern hatte sie noch geglaubt, alles würde weitergehen, wie es gewesen war.

Mit Benny aber hatte ihr Leben eine ungeahnte Wendung genommen. Er hatte ihr die Lethargie und die Traurigkeit genommen und gezeigt, dass man manchmal zu anderen Ufern aufbrechen muss. Seine fröhliche, unkomplizierte Art, sein Reden und freundliches Wesen hatten sie angesprochen. Und sie hatte sich Hoffnungen gemacht, wissend, dass es nicht sein konnte. Mimi passte zu Benny.

Der neue Tag erstand mit demselben glasklaren wolkenlosen Himmel, und noch ehe die Sonne alles in freundliche Wärme hüllte, erwachte der See zu neuem Leben. Jasmin schüttelte den Tau von ihren Flügeln. Sie genoss die Weite des Wassers, auf dem sie Nahrung fand, und bald tanzte sie und stimmte zufrieden ein Lied an, das weit über das Wasser getragen wurde. »Kannst du nicht aufpassen? Du bist hier nicht allein.«

Jasmin hatte einen Libellenmann angerempelt, der ungehalten fortfuhr: »Sind alle geistesabwesend, wo du herkommst?«

»Entschuldige. Ich habe nicht aufgepasst.«

»Da solltest du dich schnell eingewöhnen. Wie heißt du, schöne Wasserjungfer?«

Das klang jetzt nicht mehr unfreundlich.

»Ich bin Jasmin. Und du?« Sie erholte sich vom ersten Schrecken und betrachtete ihr Gegenüber mit einigem Interesse. Er war ein großer und ausnehmend schöner Libellenmann. Seine eindrucksvollen Flügel flirrten in allen Farben und sein Körper strotzte vor Kraft.

»Man nennt mich Felix, den Glücklichen. Und ich scheine heute meinen Glückstag zu haben, denn ich bin mit dir zusammengestoßen.« Er sah Jasmin an und in seinen Augen erkannte sie ein verführerisches Blitzen. »Du bist die schönste Wasserjungfer, die ich je gesehen habe. Wo kommst du her?«

»Ich bin gestern erst hergekommen. Mit Benny, einem Bläuling.«

»Ein Bläuling? Ist das dein Ernst?«, meinte Felix irritiert.

»Er war an meinen Teich gekommen und hat mich hierher mitgenommen, weil ich so traurig und allein war. Hier ist es viel schöner. Hier sind Meinesgleichen.«

Felix flog voran und Jasmin hinterher.

»Der da drüben«, er wies auf einen großen Libellenmann, der inmitten einer ganzen Schar in der Luft schwebte, »vor dem nimm dich in Acht. Er meint, er sei der *King*. Ist er aber nicht!«

»Und wer ist es dann?« Jasmin lachte.

»Na wer schon?«, kicherte Felix. »Ich. Und du sollst meine Königin sein. Widerspruch zwecklos.«

Jasmins Herz hüpfte vor Freude und Aufregung. »Und was ist, wenn ich nicht will?«

»Was denkst du, wer wen angerempelt hat? Ich habe dich eine ganze Weile beobachtet und meine Chance abgewartet.«

»Gehst du immer so forsch ran, König?« Jasmin setzte an, ihm davonzufliegen. Doch er hatte sie bald eingeholt. »Nicht, wenn ich mir meiner Sache sicher bin.«

»Dann muss ich mich wohl meinem Schicksal ergeben?«, kokettierte sie. Wenn sie es genau bedachte, war es nicht das Schlechteste. »Wo wohnt denn der König?«

»Gleich da vorne.« Felix wies auf eine Ansammlung Teichrosen.

»Die große in der Mitte, das ist mein Palast. Ich lege ihn dir zu Füßen.«

Er bot ihr einen Platz neben sich an.

Sie waren die ganze Zeit nicht unbeobachtet geblieben, und es hatte sich herumgesprochen, dass der König wohl Hochzeit halten wollte. So sah sich Jasmin plötzlich ungezählten Untertanen gegenüber, die sie freundlich empfingen. *Dass dieser Tag so endet,* dachte sie, während sie der Thronrede ihres Gemahls lauschte. Die Sonne stand glutrot am Horizont, als die Untertanen ehrfürchtig das Paar betrachteten, das sich im Takt der Serenade wiegte.

Hinter der Maske – eine Fabel

»Hey, Alter, was schaust du so widerlich gescheit?« Der Hase starrte provozierend zum alten weisen Kauz, der in seiner Eiche in die Sonne blinzelte. »Deine ausgelutschten Ansichten interessieren kein Schwein mehr auf dieser Welt! Du bist senil und flügellahm.«

»Wie redest du mit mir? Hast du keinen Respekt?« Unter zusammengezogenen Brauen bedachte er den Jungspund mit strafendem Blick.

»Der Jugend gehört die Zukunft! Dein Korn ist gedroschen«, rief der Hase spöttisch.

»Ein Philosoph im Hasenkostüm! Wenn die Nachkommen den Fußstapfen der Altvorderen folgen, ist die Welt wieder im Lot«, erwiderte der Kauz amüsiert und wiegte scheinheilig sein Haupt. »Ich könnte dich mit einem gezielten Griff in deinen aufsässigen Nacken töten.«

»Lass stecken, Alter!« Der Hase tanzte Haken schlagend über die Wiese. Er äffte den Kauz nach: »Wie redest du mit mir? Hast du keinen Respekt?«

Der Falke warf die Maske ab, blinzelte in die Abendsonne und nahm Sekunden später ein Stück vom saftigen Schenkel.

»Eins A Qualität, besser als der Alte.«

Die sieben Todsünden

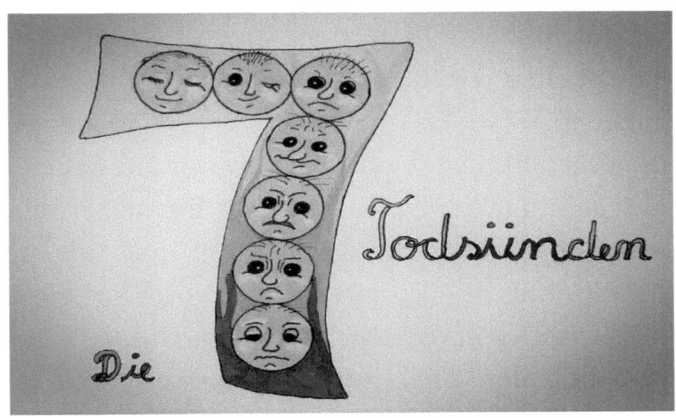

»Ach, warum sind unsere Jungs bloß so schlecht geraten? Es muss doch etwas geben, das ihnen den rechten Weg weist. Aber auf uns hören sie nicht!« Sie legte seufzend das Nähzeug in den Schoß und strich sich eine ergraute Strähne aus der hohen Stirn.

»Ich weiß auch nicht, Frau. Sieben Söhne, und keiner ist wirklich gut geworden.« Grübelnd sah er den Rauchschwaden seiner Pfeife nach. »Wenn sie nur kein übles Ende nehmen!«

Da fuhr ein scharfer Wind ums Haus, rüttelte an den Fensterläden und ließ die Tür in den Angeln ächzen. Grelle Blitze begleiteten lautes

Donnergrollen. Binnen Kurzem brach ein Unwetter über ihnen herein. »Was ist das, Mann?« Sie sah mit Furcht in den Augen zum Fenster. »Was sollen wir tun?«

»Nichts, Frau. Das Gewitter wird vergehen, wie es gekommen ist. Hoffe ich.« Er trat ans Fenster und sah in die stürmische Nacht hinaus. Früher war seine Statur hochgewachsen, doch all die Arbeit und der Kummer hatten ihn gebeugt. »Was geschieht, geschieht, so Gott will.«

Sie hob den Blick zur Zimmerdecke und lächelte. »Wenn sie schlafen, sind sie wahre Engel.«

Als der Morgen heraufkam, zog das Gewitter hinter die Hügel, die schattengleich am Horizont standen. Der Vater schaute aus dem Fenster und staunte über den Pferdekarren, der vor dem Haus zum Stehen kam. Der Kutscher in langem Mantel und tief in die Stirn gezogenem Hut kam mit schweren Schritten auf ihr Haus zu. »Lasst mich ein. Ich habe eine wichtige Botschaft für euch.«

»Was willst du von uns zu dieser frühen Stunde, Fuhrmann?« Sie öffneten misstrauisch die Tür und ließen ihn zögernd in die Stube.

»Ich soll eure Kinder holen.«

»Ist das dein Ernst? Wer will das?«, fragte der Vater. »Wohin bringst du unsere Kinder? Wird es ihnen dort gut gehen? Kommen sie gesund zurück?«

Der Mutter traten Tränen in die Augen, ein flehender Blick traf den Kutscher.

»Lass gut sein, Weib. Gib sie mir. Sofort. Ich bin nur der Bote«, knurrte er unwillig und zuckte mit den Schultern. »Los, ich habe nicht viel Zeit und ein weiter Weg wartet auf mich und die Pferde.«

Der Vater sah zu seiner Frau. »Tu, was der Kutscher sagt, und hole unsere Kinder.«

Wenig später stolperten die Jungen die Stiege hinunter. »Was soll das?«, rief Satan und sein Gesicht glühte vor Zorn.

»Ich will nicht, ich bin müde«, meinte Belphegor schläfrig und stolperte fast über seine Füße. »Was will dieser alte Mann von uns?«, fragte Luzifer verächtlich. »Er hat uns nichts zu sagen.«

Asmodeus Augen leuchteten: »Endlich mal was los hier!« Beelzebub frohlockte: »Kann ich mich dann mal richtig ausschlafen?«

»Solange es nichts kostet«, fügte Mammon hinzu und Leviathan rief seinen Eltern freudig zu: »Wir gehen auf große Fahrt!«

Der Kutscher musterte die Brüder unwillig. »Kommt. Wir haben einen weiten Weg vor uns.«

In der Tür blieben die Eltern mit gemischten Gefühlen zurück, sie sahen ihre Burschen auf dem Kutschwagen Platz nehmen. »Der Herr wird euch behüten.«

Der Fuhrmann stieg auf den Bock und lüftete den Hut zum Gruß. Er hob schnalzend die Peitsche. Sogleich trabten die Pferde los. »Sie werden ihren Weg machen.«

Während sie in den Morgen fuhren, kauerten die Jungen auf dem Wagen. Luzifer hatte ebenso viel Angst wie seine Brüder vor dem, was auf sie zukommen würde, aber er gab sich keine Blöße. Er rief dem Kutscher vollmundig zu: »Wohin bringst du uns? Nu rede schon.«

Es kam keine Antwort. Der Mann blickte sich nur kurz um und trieb die Gäule zur Eile an. In rasender Fahrt ging es über holperige Wege, durch Wäldchen und an Feldern vorbei.

Da tauchte endlich vor ihnen eine riesige Burg auf. Die Kutsche folgte dem Fahrweg auf das Tor zu, das sich wie von Geisterhand öffnete. Im Hof kamen sie zum Stehen und das Eisentor fiel krachend ins Schloss.

Die Pforte öffnete sich und ein Mädchen kam die Treppe herunter. »Da seid ihr endlich, wir haben euch erwartet.«

Die Jungen kletterten vom Karren herunter. »Wo sind wir? Wer bist du? Was sollen wir hier?«, fragten sie durcheinander.

Das Mädchen grüßte den Kutscher mit einem knappen Kopfnicken, der daraufhin den Burghof durch ein Seitenportal verließ. »Habt keine Angst. Kommt mit.«

Kleinlaut folgten sie dem Mädchen in einen großen Saal. Asmodeus Augen strahlten mit den Kerzen an der Wand um die Wette. »Das ist ein Prachtbau. Hier lässt es sich leben! Schau dir mal den langen Tisch und die Leuchter an!«

»Pah!« Luzifer grinste. »Das ist doch nichts! Der soll nicht denken, er könnte mich damit beeindrucken!«

»Weshalb lässt der uns hierherkarren und warten?«, schimpfte Satan und stapfte mit den Füßen auf.

In diesem Moment öffnete sich eine Tür am Ende des Saales. Ein Ritter in feinstem Gewand trat auf sie zu. »Deine Frage will ich gerne beantworten, Satan. Jetzt erst mal herzlich willkommen auf Burg Grabenstein. Setzt euch.«

Ohne Murren rückten sie die Stühle am Tisch zurecht. Auch Luzifer, sonst um kein Wort verlegen, schwieg.

»Wir haben euch herkommen lassen, dass ihr lernt, was Tugend ist. Mit Argwohn beobachten wir, dass es euren Eltern mit all ihrer Liebe nicht gelingt, echte Männer aus euch zu formen. Ihr werdet hier lernen, was Respekt ist und euren Eltern nicht mehr Schande zu sein.« Die Stimme des Ritters war ernst. Doch er blieb ruhig. Ein Lächeln umspielte seinen Mund. »Ihr werdet lernen, was es heißt klug und mutig zu sein, gerecht und demütig, bescheiden und weise zu handeln. Und dann, wenn Gott will, werdet ihr als Männer ins Leben zurückkehren.«

Den Jungen stand stummes Entsetzen in die Gesichter geschrieben. Satan schlug mit der Faust auf den Tisch: »Was fällt den Eltern ein? Das kann man mit mir nicht machen!«

»Ich mach nix, mir ist das alles egal«, knurrte Belphegor. Mammon und Leviathan riefen: »Wenn es uns nichts kostet!«

Beelzebub meinte: »Solange es genug zu essen gibt ... Zuhause wurde ich nie satt.«

Luzifer wandte er sich an den Ritter: »Wer seid

Ihr, über uns zu bestimmen?«

»Ihr seid hier auf meiner Burg, und es gilt, was ich sage. Kommt mit, ich zeige euch eure Schlafstatt.« Der Ritter erhob sich und die Jungen folgten ihm unwillig.

Sie hatten keine andere Wahl. Sie trotteten durch die kalten Flure der Burg und an herrlichen Gemächern vorbei dem Ritter hinterher. »Schlafen wir auch so schön?«, fragte Asmodeus mit leuchtenden Augen. Doch er bekam keine Antwort.

»Ich bleibe hier keine Sekunde!«, zürnte Satan. »Die können mich mal!«

»Wieso? Ich gefalle mir als Burgherr! Wirst sehen, das ist besser als so ein primitives Leben.« Luzifer lachte. »Du, Belphegor, wirst es nie zu so etwas bringen.«

Der Ritter öffnete eine schlichte Tür am Ende des Ganges. Durch ein schmales Fenster drang nur wenig Licht in den Raum. Sieben Betten standen darin. »Da ist eure Kammer. Macht es euch bequem. Fleisch und Brot stehen bereit.« Sprach's und überließ die Jungen sich selbst.

Überrumpelt fügten sie sich. »Was uns wohl erwartet?«, fragte Belphegor ängstlich.

»Der werte Ritter kann mich mal«, tönte Satan und Leviathan und Mammon eiferten. »Sollen wir für ihn etwa als Knappen schuften?«

»Vielleicht gibt er uns sein Töchterchen, wenn wir unsere Sache gut machen«, frohlockte Asmodeus, und Beelzebub fügte hinzu: »Und eine fette Apanage dazu.«

»Ach«, Luzifer hatte das Geschrei seiner Brüder satt. »Der kann mich mal, ich werde mich sicher nicht als Knecht verdingen.« Es dauerte lange, bis nur noch das ruhige Atmen der Kinder zu hören war.

Am nächsten Morgen wurden sie von dem jungen Mädchen in den Rittersaal geführt. »Ich hoffe, ihr habt gut geschlafen. Setzt euch, bitte.«

Die Jungen blickten eingeschüchtert ihren neuen Herrn an, der am Kopfende des Tisches Platz genommen hatte. Sie spürten, dass jede Gegenrede zwecklos war, und schoben ihre Stühle zurecht.

»Greift tüchtig zu, Kinder. Es gibt viel zu tun heute. Du, Belphegor, und du, Luzifer, ihr werdet im Stall erwartet. Dort gibt euch der Großknecht Arbeit. Ihr beiden, Mammon und Leviathan, werdet die Latrinen und Gemächer putzen. Darüber wachen wird Maria, unsere Hausdame. Beelzebub und Asmodeus werden sich auf dem Feld beweisen, die Ernte steht an. Und Satan, du kommst mit mir. Für dich habe ich eine besondere Aufgabe, du wirst mein Knappe sein.«

Der Ritter lehnte sich in seinem hohen Stuhl zurück und betrachtete die Reaktionen seiner Schützlinge. Sie sahen sich entgeistert an und trauten sich nicht, ihrem Unmut Luft zu machen. Den Jungen blieb jeder Bissen im Hals stecken. Satan konnten sich nicht zurückhalten, seine Augen funkelten. »Ich will kein Knappe sein! Das ist, das ist ...«

»Ich mach kein bisschen! Ich bin kein Knecht!« Belphegor hieb mit der Faust auf den Tisch.

In diesem Moment betraten der Bauer, der Großknecht und die Hausdame den Saal. Der Ritter erhob sich. »Dann wollen wir mal. Seid streng, aber auch nachsichtig mit ihnen. Sie müssen noch viel lernen. Komm, Satan, wir haben zu tun.« Der Angesprochene trottete mit geballten Fäusten in den Hosentaschen hinter ihm her. Die anderen fügten sich lustlos in ihr Schicksal und folgten murrend ihren neuen Meistern. Maria gab den Buben Lappen und

Scheuermittel und ließ sie zuerst die Flure schrubben. Hannes drückte seinen Schützlingen die Mistgabel in die zarten Hände und hieß sie den Stall ausmisten. Nur widerwillig stapften sie durch den Mist. Der Bauer nahm seine beiden neuen Knechte mit aufs Feld. Sie werden sich noch wundern, die Bengel, grinste er still in sich hinein, während er die Pferde mit einem Schnalzer antrieb. Beelzebub und Asmodeus saßen zermürbt hinten auf dem Karren.

Einzig Satan schien mit seinem Los zufrieden, er saß im Warmen und putzte die Rüstung seines Herrn. Sein Zorn verflog mit jeder Stunde, die er das Metall zum Glänzen brachte. Der Ritter freute sich über diesen ersten Erfolg.

Erst nach Einbruch der Dunkelheit sah man sieben müde Jungen am Tisch im Rittersaal sitzen. Maria hatte ihnen aus der Küche aufgetischt, was das Herz begehrte. »Greift nur ordentlich zu.«

Asmodeus und Beelzebub ließen sich den Wein schmecken, während die anderen sich zurückhielten und lieber das klare Wasser tranken. Es dauerte nicht lange, da lagen sie grün im Gesicht in ihren Stühlen. »Das kann nur am schlechten Wein gelegen haben!«, lallten sie.

Der nächste Morgen war dann auch kein guter Tag für die beiden. Obwohl es ihnen nicht gut ging, schickte der Ritter sie in die Küche zum Mundschenk, der ihnen ordentlich einheizte. »Das habt ihr von eurem Übermut. Macht hin, das Essen muss fertig werden.« Sein Mitgefühl hielt sich in Grenzen. Er freute sich, endlich mal Küchenjungen zu haben, die ihm zur Hand gingen. Sie schwitzten über Bergen von Kartoffeln und Kohl. Die Übelkeit und das Brummen im Schädel machte sie still. Dazu schickte der Herr später noch Belphegor in die Küche, weil bald ein großes Fest anstand. »Da wird jede Hand gebraucht.«

Satan und Mammon fanden sich im Stall ein. Sie sollten sich um die vier edlen Rösser des Burgherrn kümmern. Widerwillig putzten sie das Geschirr, dazu hatten sie einen Heidenrespekt vor den Rössern. Es half alles nichts. Hannes, der Knecht, ließ keine Ausrede gelten und scheuchte sie durch die Stallgasse.

Luzifer wurde gemeinsam mit Leviathan für diesen Tag des Ritters Knappen. Sie durften mit in die Stadt. Während Luzifer die Fahrt in der Kutsche genoss, betrachtete Leviathan das Gefährt mit großen Augen. Auf dem Heimweg mussten sie jedoch laufen.

»Ihr habt junge Beine«, sagte der Ritter, der sich auf den Kutschbock schwang. »In einer Stunde sehen wir uns im Schloss.« Sprach's und ließ die beiden stehen. Widerwillig trabten sie den Weg entlang. »So geht man nicht mit mir um.«

»Lass gut sein, Luzifer. Dafür brauchen wir nicht auf dem Feld schuften.«

»Das stimmt.«

Abends saßen die Brüder beim Mahl. Diesmal begnügten sich Beelzebub und Asmodeus mit einer Kleinigkeit, während ihre Brüder kräftig zulangten. Die ungewohnte Arbeit und das Regiment des Ritters mit seinen Leuten ließ sie kleinlaut dasitzen.

Auch am dritten Tag wurden in der Früh die Aufgaben verteilt. Jetzt war die Reihe an Satan und Luzifer dem Mundschenk zu helfen. Das war für Luzifer eine viel größere Strafe als für seinen Bruder, der sich über diese Arbeit freute. Sogar der Koch erkannte ein verstecktes Talent in ihm und übertrug ihm die Sorge für die Suppe. »Lass sie aber nicht anbrennen.«

Luzifer tat sich schwer mit dem Gemüse, der Koch zeigte ihm freundlich, wie man aus einfachem Gemüse schmackhafte Beilagen machte, und weihte ihn in die vielen Gewürze ein. »Sei vorsichtig, zu wenig schmeckt nicht, zu viel ist nicht gut. Manche Gewürze sind teurer als Gold oder Edelsteine.«

Das machte Luzifer Spaß, er kam sich wie ein Meister vor. In seinem Eifer ließ er das Salzfässchen in die heiße Suppe fallen! Die war jetzt hinüber!

»Was hast du gemacht? Bist du nicht gescheit? Das wird dem Herrn nicht gefallen. Und ich muss jetzt alles neu machen.«

»Mundschenk, das ist dein Werk!«, entgegnete Luzifer patzig.

»Dir werde ich helfen, so mit mir zu reden! Hole Wasser vom Brunnen. Schnell!«

Satan rührte schadenfroh seine Suppe, während Luzifer mit zwei Eimern zum Brunnen hastete. Dort sah er Beelzebub und Asmodeus Heu in die Scheune schleppen. Asmo grinste. »Levi und Mammon müssen den Acker pflügen. Da haben wir es leichter.«

»Ich darf in der Küche sein, da wird richtig was gekocht! Pah!« Luzifer sah verächtlich auf seine Brüder. Doch seine stolze Stimmung hielt nicht lange.

Der Koch stand plötzlich mit puterrotem Gesicht in der Tür, die Hände in die Seiten gestemmt. »Luzifer! Wo bleibt das Wasser? Her damit, oder soll ich dir Beine machen?«

»Nicht, dass er dich noch kocht, Luzifer!« Beelzebub grinste. Und Asmodeus rief ihm hinterher: »Oder magst du lieber tauschen?«

So hatten sie noch nie mit ihm gesprochen! Das tat richtig weh! Ohne einen weiteren Blick zu seinen Brüdern machte er, dass er mit dem Wasser in die Küche kam. Beinahe wären die Eimer ihm auf der Schwelle noch aus der Hand gefallen, aber er konnte eine weitere Schmach gerade noch verhindern.

Am Abend saßen alle satt und müde im Saal. Der Ritter trat ein, an seiner Seite das Mädchen, das sie am ersten Tag empfangen hatte, und ein paar weitere Mädchen, die sich schüchtern an die Tafel setzten. »Diese Knaben sind auf dem besten Wege zu verstehen, worum es im Leben geht. Aber lasst euch nicht täuschen. – Jungs, das ist meine Tochter, Klara, wie ihr wisst, und ihre Freundinnen. Heute dürft ihr zeigen, ob in euch ein echter Ritter steckt.«

Die Jungen staunten nicht schlecht! Die Mädchen waren nett anzuschauen und jeder fand gleich eine Favoritin. Bis spät in die Nacht wurde gelacht und getanzt, Hannes spielte auf der Geige auf.

»Die Jungs machen sich«, meinte der Ritter zu ihm, während er den Kindern zuschaute. »So eine bunte Mischung war hier lange nicht mehr.«

Hannes sah in die dunkel dreinblickenden Augen seines Herrn. »Sie sollten wieder heiraten, Herr. Die Einsamkeit tut Ihnen nicht gut.«

»Ich weiß, Hannes, doch so schnell geht das nicht.«

»Wenn die Richtige kommt, wird der Schmerz vergessen sein, Herr. Eines Tages.«

»Vielleicht hast du Recht, Hannes. Wenn aus den sieben Teufeln Engel geworden sind.«

Der nächste Tag erwachte. Überall war geschäftiges Treiben. Abends sollte ein weiteres großes Fest stattfinden. Hannes ließ die Ställe blitzsauber machen, Leviathan half beim Füttern, er ängstigte sich zwar, aber noch mehr fürchtete er den Spott seiner Brüder. Er überwand sich und saß mittags zufrieden am Brunnen in der Sonne. Er hätte nicht geglaubt, sich Pferden derart zu nähern, und war sichtlich stolz auf sich. Luzifer setzte sich neben ihn. »Mir sind sie auch nicht geheuer. Aber schön sind sie.«

Mammon kam grade mit dem Eimer aus der Küche. »Das ist eine Plackerei!«

»Ach was du nicht sagst, Mammon! Schaut mal, da kommen Asmo und Satan vom Feld! Die sehen richtig geschafft aus.« Levi winkte seinen Brüdern. Diese sprangen vom Wagen und setzten sich zu ihnen. Asmodeus schnaufte. »Das war Schwerstarbeit! Wir sind keine Männer, sollen aber genauso schuften!«

Satans Gesicht war nicht nur von der Sonne rot. »Was fällt denen ein! Der Pflug war störrisch wie ein Esel.«

»Jetzt ist alles gemacht. Wir haben den Rest des Tages frei«, verkündete Beelzebub, der mit Belphegor auf dem Hof hinaustrat. »Der Herr hat noch eine Überraschung für uns. Wir sollen auf unserem Zimmer auf Maria warten.«

»Was das wohl sein wird?«

»Ich habe keine Ahnung. Es kann aber nichts Schlimmes sein. Wir haben unsere Aufgaben erledigt.« Beelzebub zuckte mit den Schultern.

Wenig später saßen sie auf ihren Betten und grübelten, was sie wohl erwartete. Da standen der Ritter und die Hausdame Maria in der Tür.

»Jungs, jetzt geht es ans Eingemachte!« Der Ritter konnte sich nur schwer ein Grinsen verkneifen und auch Maria hatte Mühe, ein ernstes Gesicht zu machen.

»So schmutzig könnt ihr nicht zum Fest gehen, deshalb geht es gleich in die Wanne. Und anschließend zieht ihr das hier an. So will ich euch hier nicht mehr sehen.«

Er wies auf den kleinen Karren, den Maria nun in die Kammer zog. Darauf fanden sich sieben Bündel Kleidung. »Die Herrschaften, runter mit den alten Hosen«, rief sie. »Das Bad wartet nicht gerne.«

Alle sieben bekamen ihr Kleidungspäckchen in die Hand gedrückt. Die Jungs hatten Mühe, ihre Überraschung zu verbergen. Der Ritter verließ leise vor sich hin pfeifend die Stube.

»Marsch ins Bad«, drängte Maria.

Wie eine Reihe nackter Hühnchen trotteten sie hinter ihr her. Den Jungs war ihr Aufzug peinlich, aber die Aussicht auf das heiße Bad ließ sie ihre Scheu verlieren. Sie öffnete eine unscheinbare Tür im Gang.

»Hier stehen zwei Zuber, ihr braucht also nicht eifern.«

»Ich will zuerst«, meinte Luzifer.

»Die Kleinen sind zuerst dran«, ermahnte Maria. »Belphegor und Beelzebub, ihr nehmt die linke Wanne und ihr, Satan und Asmodeus, die rechte. Wascht euch gründlich. Die neuen Sachen sollen nicht gleich ... Du, Mammon, und du, Leviathan, ihr helft den Brüdern. Und du, Luzifer, sorgst dafür, dass ihr alle in einer Stunde im Rittersaal seid. Du trägst die Verantwortung.«

Die Sachen passten und stolz präsentierten sie sich. Nur Luzifer hatte was auszusetzen: »Wenn ich doch der Älteste bin, sollte ich richtige Herrensachen haben.«

»Ihr seid Brüder, da ist keiner mehr, Luzifer.« Eine Erwiderung blieb ihm im Halse stecken, als er Marias abschätzigen Blick aufschnappte. Sie zog die Tür wieder hinter sich zu.

»Der kann lange warten, der Herr.« Belphegor lag mit den neuen Sachen auf seinem Strohsack.

»Seien wir nicht undankbar, Belph.« Satan strafte ihn mit einem bösen Blick. »Komm, jetzt, steh auf.«

»Wir haben noch ein paar Minuten Zeit ...«, gähnte Belphegor. »Das Bad hat müde gemacht.«

»Wenn wir nicht gleich fertig sind, wird der Herr nicht gut auf uns zu sprechen sein. Komm, Belph, auf mit dir, du Faulpelz.« Wenig später traten die sieben Brüder pünktlich in den Saal. Mit den neuen Sachen und fein gescheitelten Schöpfen machten sie alle Ehre.

»So habe ich mir das gedacht, Kinder.« Der Ritter thronte auf seinem Sessel und betrachtete seine Zöglinge wohlwollend. »Ihr habt eure Aufgabe gut gemacht. Dafür will ich euch belohnen. Ich hoffe, die neuen Sachen machen aus euch auch neue Menschen. Ich hoffe, die Tage waren und bleiben euch eine Lehre. Mir hat es viel Freude bereitet zu sehen, dass doch etwas in euch steckt. Morgen in der Früh wird euch der Kutscher heimfahren, mit mehr im Gepäck als sieben wohlerzogenen Jungs. Alle habt ihr mich überrascht – und nun lass die Mädchen herein, Hannes. Wir feiern Abschied.«

»Ich freu mich auf zu Hause«, rief Asmodeus aus. »Was unsere Eltern wohl sagen werden?«

»Ich hoffe, sie sind uns nicht mehr gram. Wir haben viel falsch gemacht.« Luzifer neigte sein Haupt. »Das wird sich ändern.«

»Ich habe mit meinem Zorn auch viel zerstört. Ich werde mich in Zukunft zügeln.« Satan führte in seinen neuen Anziehsachen einen Freudentanz auf. »Wie freue ich mich auf Mama und Papa!«

Belphegor hatte sogar sein Strohlager aufgeräumt. »Es ist viel schöner, wenn man den Tag früh beginnt. Dann kann man viel mehr erleben.«

»Was ist denn in dich gefahren? Wo ist deine Faulheit hin?« Leviathan tat es ihm gleich und binnen weniger Minuten war ihre Kammer aufgeräumt. Jeder hatte ein Bündel mit den alten Sachen auf seinem Bett liegen. »Kommt, wir wollen nicht zu spät kommen.«

Augenblicke später eilten sieben junge Burschen durch die Flure, die ihnen jetzt nicht mehr kalt erschienen. Im großen Rittersaal empfing sie der Hausherr mit seiner Tochter. »Schön, dass ihr fertig seid. Lasst uns frühstücken.«

»Aus euch sind richtig nette Jungs geworden.« Klara saß neben ihrem Vater.

»Wir sehen sie vielleicht wieder. Wenn ihr groß genug seid und fleißig gelernt habt, freue ich mich, euch wiederzusehen. Als Koch, Satan,

das wäre doch was. Oder Beelzebub als Stall-
knecht. Und nicht zuletzt Leviathan als Sekre-
tär.«

»Und ich?«, fragte Luzifer.

»Luzifer, dir kommt eine besondere Aufgabe
zu.« Der Ritter erhob sich und ging auf den Äl-
testen zu und legte seine Hände auf dessen
Schultern. »Du wirst dafür sorgen, dass deine
Brüder fleißig sind, und ihren Weg begleiten.
Hilf ihnen, wenn sie nicht zurechtkommen.«

Luzifer senkte beschämt den Blick. »Das werde ich, Herr.«

»Genug, Kinder. Jetzt esst euch satt. Später
fährt Hannes euch heim. Ich habe euch noch
eine große Kiste packen lassen. Die gebt ihr euren Eltern. Mit besten Grüßen.«

»Danke, Herr«, meinten Mammon und Leviathan wie aus einem Munde. Beelzebub erhob
sich und sah fragend zum Ritter: »Dürfen wir
uns für den Heimweg noch ein paar Brote nehmen?«

»Aber sicher, ihr sollt nicht hungrig fortgehen.« Der Ritter freute sich. Beelzebub hatte
dazugelernt. »Lasst Hannes die große Kutsche
einspannen? Die Herrschaften sollen standesge-
mäß heimfahren.«

Als die Sonne hoch am Himmel stand, sah man den Vierspänner über die Lande fahren. Sie sehnten sich nach nicht mehr, als ihre Eltern in die Arme zu schließen. Was sie wohl sagen werden? Nach einer schier endlos scheinenden Fahrt kamen sie nachmittags zu Hause an. Die Eltern standen freudestrahlend auf der Schwelle des Hauses und empfingen ihre Söhne. Die Mutter nahm jeden Einzelnen an ihren Busen, der Vater strich ihnen die von der Fahrt wirren Haare aus der Stirn.

»Da seid ihr endlich wieder!«

Jeder wollte zuerst von den Tagen auf der Burg erzählen, alle riefen durcheinander. Doch ein Blick von Hannes ließ sie verstummen. Sie halfen, die Geschenke und Bündel von der Kutsche zu nehmen, grüßten artig den Kutscher, der dem Vater noch ein versiegeltes Päckchen gab.

»Darin ist eine Botschaft vom Ritter. Er lässt zudem ausrichten, dass eure Söhne jederzeit auf die Burg zurückkommen dürfen.« Er lüftete den Hut zum Gruß. »Dieses Abenteuer ist der erste Schritt in euer neues Leben.«

Hundstage

Das sind echte Hundstage! Mestice, ein Mischling, lag im Schatten eines alten Autos und philosophierte träge vor sich hin. Seit Wochen hatte es nicht geregnet, die Luft flimmerte und kein Lüftchen wirbelte den Staub durch die Gassen seines Dorfes zwischen den wie an Perlschnüren aufgereihten Häusern. Ich habe die Wahl, wohin ich mich lege, die Kumpel an der Kette oder hinter den Toren nicht.

Wenn es nur endlich regnen würde, klagte er, die Hitze ist nicht auszuhalten! Da sah er seinen besten Freund über die Straße auf seinen Ruheplatz kommen. Beim Kampf mit einem

aufsässigen Kater hatte der sein linkes Auge verloren, seither riefen sie ihn Einauge. »Hast du
Nachrichten von Sam?«

»Nein.« Mestice schüttelte den Kopf. Seine
Schlappohren wedelten schwunglos. »Seit er
vor der Boutique angefahren wurde, habe ich
ihn nicht mehr gesehen. Keiner weiß, was mit
ihm ist.«

»Ich habe gehört, dass sie ihn fortgebracht haben. Erinnerst du dich an Bennie? Der kam
auch nicht zurück, wie viele andere!«

Einauge ließ die Ohren hängen. »Mir haben
sie damals das Leben gerettet, als mich der blö-
de Kater aus dem Hinterhalt angegriffen und
das Auge verletzt hat. Hatte ein Gutes: Jetzt hat
er Respekt vor mir, weil ich ihm zum Ausgleich
das nackte Fleisch vom Leib gerissen habe.
Weißt du, ich hätte mit ihm gerne ein paar
Spielchen gemacht, dafür, dass er mich erwischt
hat.« Er zwinkerte Mestice mit dem gesunden
Auge zu. »Der kann froh sein, dass er auch zu-
rechtgeflickt worden ist. Lass gut sein, Freund.
Wer weiß, wozu das gut ist.« Mestize kannte
seinen Freund lange genug, um zu wissen, dass
er die Schmach nur schwer ertragen konnte.
»Du hast Glück gehabt. Wer weiß, was heraus-

gekommen wäre, wenn das ein Azubi gemacht hätte?«

Er sah bekümmert die Straße hinab. Nichts rührte sich. »Normalerweise kommt er um die Zeit auf ein Schwätzchen vorbei.« Die Menschen verbrachten die Mittagshitze in ihren Häusern bei herabgelassenen Rollläden, die Hunde dösten hinter den Toren und die zahlreichen Katzen trauten sich auch nicht in die gleißende Sonne. Einauge schnupperte plötzlich aufgeregt. »Riechst du das nicht?« Mestize reckte die Nase in die Höhe und schnüffelte.

»Das ist Feuer! Es brennt! Mist! Komm, wir gehen gucken, wo das ist.«

Er erhob sich und lief dem Brandgeruch entgegen. Einauge folgte ihm unwillig, seine Siesta war noch nicht vorbei. Doch es half nichts. Von Weitem sahen sie dicke Rauchschwaden aufsteigen. »Hörst du das? Da ist wer drin, Einauge!« Sie rannten auf eine Scheune zu, aus deren Dach erste Flammen loderten. »Ich höre deutlich Gewimmer und Geschrei!«

In diesem Moment taumelte ein schwarzes zerzaustes Bündel aus einem Spalt in der Mauer – eine Katze. »Hilfe, Hilfe! Meine Babys!«

»Schöner Mist!«, knurrte Einauge. »Jetzt müssen wir den Retter spielen. Ich habe es nicht mit Feuer!«

»Ich auch nicht. Komm, was hilft es den Kleinen und ihrer Mama?«

»Rein ins Getümmel, solange noch was zu retten ist!«

Sie rannten an der verstörten Mama vorbei. Durch einen Spalt im Tor zwängten sie sich in den Schuppen. Das Dach brannte, die Funken konnten jeden Moment das Stroh entzünden, das darunter lagerte. Einauge kniff sein gesundes Auge zusammen und suchte den Boden ab. Mestize schnüffelte zwischen den Heuballen. Da sahen sie gleichzeitig vier kleine Fellnasen unter einer Lage Stroh hervorgucken. Mestize nahm eines der Babys vorsichtig zwischen die Zähne und trug es hinaus ins Freie. »Die sind aber noch winzig!«

Die Mama beobachtete argwöhnisch, wie er das Kleine vor ihr ablegte. Es lebt! Sie leckte ihr Kleines aufgeregt, bis es zu weinen anfing. Dann sah sie den anderen Hund mit einem weiteren Baby aus dem nunmehr lichterloh brennenden Schuppen kommen.

Einauge legte seinen Fund vor ihr ab und verschwand gleich wieder durch den schmalen

Spalt. Binnen weniger Augenblicke waren alle vier Katzenkinder in Sicherheit.

Hustend und nach Luft schnappend ließen sich Einauge und Mestize in gebührendem Abstand in die Wiese fallen. Die Katze nahm ein Kind nach dem anderen an sich, sichtlich schockiert von dem schrecklichen Ereignis.

Da hörten sie menschliche Stimmen. »Da ist nichts mehr zu machen, lass ihn brennen«, rief einer der Männer, die mit Schaufeln auf die Flammen einschlugen.

»Schaut mal!« Ein Mann wies mit der Hand auf die Hunde, dann auf die Katzenmama mit ihren Kleinen. »Die Katzen haben Schutzengel gehabt.«

Einauge und Mestize verstanden den Mann zwar nicht, aber sie ahnten, dass er gut von ihnen sprach.

»Schau mal, wer da kommt!« Mestize wies auf einen schwarzen Kater, der auf seine Familie zulief. Einauge verzog die Lefzen. »Dem habe ich letztens eine verpasst!«

»Das sind seine Kinder, glaube ich! Jetzt bist du ihr Lebensretter!« Hinter ihnen stand wie aus dem Nichts Sam. »Da ist man mal für ein paar Tage verreist, verpasse ich das Beste.«

»Verreist? Ich denke eher, du hast dich extra vom Auto anfahren lassen, um nicht mitmachen zu müssen«, grinste Mestize.

»Wo hast du gesteckt? Wir haben uns Sorgen gemacht.«

»Ich habe durch den Unfall ein paar Prellungen und eine Gehirnerschütterung. Sie haben meine Knochen wieder eingerenkt. Was ist denn hier los?«

»Nichts Bewegendes, mein Freund. Eine Katzenmutter mit vier Babys, die vom Feuer eingeschlossen waren. Eine Kleinigkeit für uns«, feixte Einauge.

»Mir hat die Aufregung für heute gereicht. Ich riskier nicht so gern Kopf und Kragen.«

Die Menschen löschten das Feuer und schulterten wenig später ihre Schaufeln und Eimer. Ein Mann trug die Babys auf dem Arm und die Katzeneltern folgten ihm zurück ins Dorf.

»Schau mal einer an! Sie haben offensichtlich Glück im Unglück gehabt.«

»Und was machen wir jetzt?«

»Ich denke, wir gehen zum Büfett. Da fällt vielleicht etwas für uns ab.«

»Eine gute Idee, schließlich haben wir was zu feiern.« Sam trottete neben seinen Kumpels die

Straße entlang, der man die Aufregung der letzten Stunde nicht anmerkte. Einzig ein tiefes Grollen am Horizont kündigte den ersehnten Regen an. Vielleicht noch in dieser Nacht.«

Der alte Kauz
Und der kleine Spatz

Es war noch früh am Tag, als Herr König, der alte Kauz, von seiner nächtlichen Jagd zurückkam. Er war sehr erfolgreich gewesen, hatte es doch einen der eher seltenen Leckerbissen gegeben, einen Feldhasen. In den letzten Jahren war es ihm nicht mehr oft vergönnt gewesen, da hatte er sich mit allerlei kleinem Getier und zur Not mit Insekten zufriedengeben müssen. Aber der Hase war schon alt und nicht mehr so flink und deshalb eine leichte Beute gewesen.

Nach dem Festmahl hatte er sich wohlgelaunt auf den Heimflug begeben und freute sich auf ein paar ruhige Stunden, in denen er sich die ersten warmen Sonnenstrahlen dieses Frühjahrs aufs Gefieder scheinen lassen konnte. Mit zusammengekniffenen Augen blinzelte er in die Sonne, die gerade überm Horizont heraufkam. Müde und sattsam zufrieden hatte er nur noch einen Wunsch – ein ausgiebiges Nickerchen. Er ließ sich mit heftig flatternden Flügeln auf seinem Stammplatz in der alten Eiche nieder. Dann schloss er die Augen und sank sogleich in einen tiefen Schlaf.

Ein ungewöhnlich lautes Zwitschern und Piepen riss ihn aber bald wieder aus seinen Träumen. Genervt sah er sich um, doch konnte er nicht ausmachen, woher die Störung kam, da es augenblicklich wieder aufgehört hatte. Kaum aber dass er seine scharfen Augen unter verdrießlichem Gemurmel wieder geschlossen hatte, piepste und zwitscherte es erneut. Da sah er sich noch einmal um und erkannte in der morgendlichen Dämmerung einen kleinen Spatz, der unweit von ihm auf seinem Ast saß und aus Leibeskräften zwitscherte.

Der alte Kauz war sichtlich empört über den kleinen Schreihals. Wenn ich heute noch mal meine Ruhe haben möchte, werde ich dem kleinen Burschen wohl helfen müssen. Er hat sich bestimmt verflogen und findet nicht mehr ins Nest zurück. Und seine Eltern finden ihn hier oben bestimmt nicht. »He, was plärrst du denn so, Kleiner?«

Sogleich verstummte der Spatz. Mit großen Augen starrte er auf den Kauz, der ihm bedrohlich groß erschien. »Ich ... ich ... ich ...« Weiter kam er nicht, weil er so zitterte. Er hatte irrsinnige Angst vor dem Riesen.

»Du brauchst keine Angst zu haben. Ich tu dir schon nichts.« Irgendwie tat ihm der kleine Spatz leid. »Aber du machst mich ganz narrisch mit deinem Geschrei. Was ist denn, dass du so schreist?«

»Ich ... ich weiß nicht.«

»Wenn du es nicht weißt, dann kannst du auch damit aufhören«, meinte der Alte schon freundlicher. Er konnte er dem kleinen Spatz nicht wirklich böse sein. »Ich zumindest kann mit deinem Geschrei nichts anfangen. Wie heißt du denn?«

»Benjamin. Und du?« Der kleine Spatz hörte auf zu zittern.

»Du kannst Ben zu mir sagen.« Der Kauz machte einen Satz auf Benjamin zu.

»Hast du noch Angst, Kleiner?«

Dieser wich erschrocken zurück und wäre fast vom Ast gefallen. »Wieso sollte ich Angst haben? Habe ich auch gar nicht.«

»Ach, nein! Du zitterst jetzt noch wie Espenlaub«, brummte Ben.

»Das ist doch, weil mir so kalt ist.« Benjamin streckte seine kleinen Flügel aus und gähnte. »Dir ist wohl nie kalt, Ben?«

»Doch, manchmal«, antwortete Ben. »Musst du nicht längst nach Hause?«

»Die sehen mich nie wieder! Da will ich nicht mehr hin zurück!«, plusterte sich der Kleine plötzlich auf und hüpfte aufgeregt hin und her.

»Aber wo willst du denn hin? Du bist doch noch viel zu klein, um allein zurechtzukommen.« Der alte Kauz runzelte die Stirn. »Deine Eltern vermissen dich bestimmt längst.«

»Ich will nicht.« Benjamin plusterte sich auf. »Ich komme allein zurecht.«

»Du bist ja noch ein richtiger Grünschnabel! So klein, und schon so eine große Klappe. Wie willst du denn zurechtkommen? Na, dann komm, ich zeige dir etwas. Danach kannst du immer noch abhauen«, belustigte sich Ben, erhob sich in die Lüfte und mit wenigen Flügelschlägen war er fast schon außer Rufweite. Er würde dem Kleinen schon Flügel machen! »Komm schon.«

Benjamin wusste nicht recht, wie ihm geschah. Aber wenn er nicht allein auf diesem Ast hocken bleiben wollte, musste er wohl hinterherfliegen.

»Ich komme ja schon. Wo willst du denn überhaupt hin?«

»Das wirst du sehen. Komm.«

Ben bemühte sich, langsam zu fliegen und nicht so viel Wind zu machen, so dass der kleine Spatz ihm folgen konnte. Aus den Augenwinkeln beobachtete er dessen unbeholfene Flugversuche. Ben zog die Stirnfedern kraus. »Das kann ja heiter werden! Was habe ich mir da aufgehalst. Er hätte sicher eine nette kleine Mahlzeit abgegeben. Selbst schuld.«

»Kannst du nicht ein bisschen langsamer fliegen, Ben?«, japste Benjamin.

»Dann müsste ich ja rückwärts fliegen. Hast du schon was gegessen?«

»Äh, nein.« Benjamin flatterte nervös mit den kleinen Flügeln.

»Du hast doch bestimmt schon mal einen Wurm gefangen?«, meinte Ben.

»Äh …!« Benjamin wurde rot unter seinen Federn.

»Na, komm, kleiner Mann, du musst was in den Schnabel kriegen, sonst kannst du nicht fliegen. Und ein Vogel, der nicht fliegt, ist keiner.«

Ben segelte auf leisen Schwingen auf die Wiese und Benjamin folgte ihm. Die Landung war etwas hart, aber sie glückte. Und nun?

»Wie wäre es für den Anfang mit einem kleinen Wurm, Benjamin?« Wahrscheinlich werde ich ihm jeden Bissen vorkauen müssen, dachte Ben. Der Kleine hätte auch eine gute Mahlzeit abgegeben, aber das hätte er jetzt auch nicht mehr tun können. Er schüttelte diesen Gedanken aus den Federn und betrachtete Benjamin ein wenig freundlicher, als ihm in Wirklichkeit zumute war. Kindermädchen für einen Ausreißer! »Vielleicht solltest du dir einen Wurm suchen.«

Benjamin tippelte von einem Fuß auf den anderen. Er hatte doch noch nie selbst einen Wurm gefangen! Er hatte sich darum nicht kümmern müssen! Was sollte er jetzt tun? Zu blöd! Und in seinem Bauch knurrte es immer heftiger. Verlegen putzte er sich die Federn.

»Äh ...« Er bekam keinen Ton heraus.

»Benjamin, wie lange soll ich noch warten? Du weißt nicht, wie man einen Wurm fängt. Stimmt's? Dann werde ich es dir wohl zeigen müssen, oder? Es ist nicht schlimm, zu seinen Fehlern zu stehen, oder auch nur dazu, dass man was nicht kann. Aber wenn du eines Tages allein zurechtkommen willst, ist es wichtig, dass du das lernst. Bis dahin sind deine Eltern für dich da. Und wenn du magst, auch ich.«

Ihm war in diesem Augenblick klargeworden, dass er den Ausreißer liebgewonnen hatte. Er hatte nie eine Partnerin gehabt und auch keine Kinder. Umso mehr erstaunten ihn seine plötzlichen väterlichen Gefühle. »Dann werde ich dir mal zeigen, wie wir zu einer Mahlzeit kommen.«

Benjamin versuchte, sich nicht anmerken zu lassen, wie dankbar er seinen neuen großen Freund war, denn der Hunger füllte schon seinen ganzen kleinen Körper aus. Er beobachtete neugierig, wie Ben blitzschnell den Schnabel in den Boden hackte und im gleichen Moment einen Wurm zutage förderte. Den Wurm landete vor seinem kleinen Freund ins Gras. »Da, iss nur.«

Zufrieden beobachtete der Kauz, wie Benjamin den Wurm in einem Bissen hinunterschlang.

»Na, geht es jetzt?«

Benjamin konnte nur nicken. Der Wurm lag etwas schwer im Magen. Er konnte ein Gähnen nicht unterdrücken. Der Tag war bisher so aufregend gewesen, und mit dem fetten Wurm im Bauch konnte er sich kaum noch auf den kurzen Beinen halten. Ihm fielen vor lauter satter Trägheit die Augen zu. Wie sollte er jetzt wieder nach Hause fliegen? Er wollte es. Er sehnte sich nur noch nach seinem Platz im Nest.

Die Sonne stand schon hoch am Himmel, und er hatte noch nicht eine Stunde ein Auge zugemacht. Wenn der hier einschläft, habe ich leichtes Spiel, meinte er lächelnd. »Meinst du, du kannst schon wieder fliegen?«

»Ja, ja. Nur noch einen Augenblick, Ben. Magst du mein Freund sein?«, fragte der Kleine unvermittelt und war im gleichen Augenblick eingeschlafen.

»Jetzt bringe ich dich erst mal nach Hause«, murmelte Ben, aber der Spatz hörte ihn schon nicht mehr. Er nahm ihn vorsichtig in seine scharfen Krallen und erhob sich auf leisen Schwingen in die Lüfte. Nachdem er den schlafenden Benjamin auf seinen Schlafplatz gebracht hatte, machte er sich auf die Suche nach den Eltern.

»Benjamin, wo bist du?! Benjamin!«

Er sah zwei Spatzen laut piepend umherfliegen. »Hallo, suchen Sie Benjamin?«

»Ja, er ist heute Morgen fort. Seitdem suchen wir ihn schon überall.«

»Ich weiß, wo er ist.« Ben ließ sich auf einem Baum nieder. Die Eltern hockten sich in sicherer Entfernung von ihm weg.

»Wo ist unser Junge? Sie haben doch wohl nicht...!«, riefen sie aufgeregt.

»Nein, er hat mit mir einen Ausflug gemacht und nun schläft er.«

»Wo?« Der Spatzenpapa wurde etwas ruhiger, nur die Mama fuchtelte noch immer aufgelöst mit den Flügeln.

»Bei mir in der Eiche«, entgegnete Ben ruhig. »Mein Name ist König, Professor König.«

»Mein Name ist Sperling, und das ist meine Frau. Es ist nicht das erste Mal, dass wir unseren Jungen suchen müssen.« Der Papa wurde jetzt ganz ruhig, und auch seine Frau hörte endlich auf, hektisch mit den Flügeln zu schlagen.

»Wissen Sie was? Ich bringe Ihnen Benjamin heute Abend zurück«, meinte Ben plötzlich. »Dann kann er sich noch eine Weile austoben.«

Der Mutter war das nicht ganz geheuer, aber irgendwie vertraute sie ihm. »Doch vor Einbruch der Dunkelheit muss er zu Hause sein.«

»Ganz bestimmt, Frau Sperling. Sie können sich auf mich verlassen.«

Da erhob Ben sich in die Lüfte und flog zu seiner Eiche zurück. Hoffentlich schläft der Kleine noch, dachte er müde, dann kann ich vielleicht auch eine Weile die Augen schließen. Und nur wenig später träumte von den weiteren Abenteuern, die sie gemeinsam erleben konnten.

Der Kolibri – eine Fabel

Ein Kolibri ging seiner Lieblingsbeschäftigung
nach: Nektar trinken. Er flatterte hierhin und
dorthin auf der Suche nach den leckersten
Tropfen. In diesem Paradies wollte er sich herrlich vorstellen, ein König zu sein! Er nahm noch
einen Schluck vom lieblichsten Nektar und ließ
sich auf einer großen Dolde nieder. Da saß der
König auf seinem Thron! Er schnippte mit den
Flügeln, seine Wünsche erfüllten sich. Aus dem
Gemurmel seiner Untertanen hörte er das Lob
für den Herrscher. Ein Sturm brach über das
Paradies herein, es goss wie aus Kübeln. Sein
Schloss, auf einem zierlichen Stängel gebaut,

schwankte im scharfen Wind. Da wurde er klein und fühlte sich unsicher.

»Das darf nicht nach draußen dringen! Ich bin der König!«

Er kommandierte mit Getöse seine Untertanen, das Schloss und ihn zu schützen. Sie seien ohne ihn dem Untergang geweiht. Sie meinten leise mahnend, es sei an der Zeit, ein neues Schloss zu bauen, dieses hier würde untergehen! Doch der König bestand auf seinen Thron.

Die Untertanen flüchteten sich auf festeren Untergrund unter große Blätter. Sie hielten sich daran fest, dass sie nicht fortwehen konnten. Der König stürzte in einer heftigen Bö von seinem Thron. Er fiel unsanft auf das weiche Moos des Waldbodens. Triefnass und frierend suchte er Schutz, doch es war kein Platz mehr unter dem Blatt. Es dauerte einen langen Augenblick, bis der König verstand, dass er ohne sein Volk verloren war, und begehrte Unterschlupf. Doch sie hatten seine Herrschaft satt! Er wollte seine Unterlegenheit nicht zeigen, er war zu in seine Rolle als König verhaftet. So suchte er das Weite, nicht ohne Schmähungen auszustoßen, die durch das Unwetter bis zu den Untertanen drangen. Sie rührte das Geplärr nicht! Sie beobachteten mehr amüsiert des Königs einsamen verzweifelten Kampf gegen die Mächte der Naturgewalten. »Hätte er sich einsichtig gezeigt, wären wir bereit gewesen, zusammenzurücken!«

Der König verlor an diesem Tag seine letzte Krone – und im Spiegel der Pfütze sah ihm ein Kolibri entgegen.

Der Holzknecht

Mitten im Wald fernab des Dorfes lag die kleine Kate, wo der alte Holzknecht wohnen sollte. Man erzählte sich seine Geschichte manchmal an den stillen Winterabenden, wenn sie sich um das Kaminfeuer scharten, damit die vor Kälte klammen Glieder warm wurden. Die einen wussten Schauriges zu erzählen, andere meinten, er habe mal jemanden aus großer Gefahr gerettet und sei nicht schrecklich. Manche dichteten was dazu, andere hatten wichtige Details vergessen. Mit jedem Jahr wurden die Geschichten rätselhafter. In einem waren sich aber alle einig: Hier in diesem Wald sollte er sein

Unwesen treiben. Wenn jemand durch den Wald fahren musste, meinten sie manchmal, seine Spuren im Schnee auszumachen. Knackte es dazu verräterisch im Dickicht, trieben sie ihre Gespanne zur Eile an. Fort hier, nur raus aus dem dunklen Wald! Man vermied unnötige Wege aus Angst vor dem alten Knecht und seiner Axt. Zu viele waren in den Wald gegangen und nicht wiedergesehen worden!

Eines Tages kam Matthis auf seiner Wanderschaft vorbei. »Ich bin Tischler. Gibt es hier einen Meister, dem ich meine Dienste antragen kann?«, fragte er im kleinen Gasthaus.

Der Wirt, ein Hüne von Gestalt mit dichtem dunklen Bart, stellte ihm einen Krug Bier hin. »Da hast du wohl Glück gehabt. Der alte Barnard liegt seit Monaten krank danieder und die Arbeit ist nicht getan. Ein Quartier kann ich dir geben.«

Matthis nahm einen Schluck aus seinem Krug und wischte sich den Schaum aus dem Schnauzbart, der sein jungenhaftes Gesicht zierte. »Dann gehe ich gleich morgen und bitte um Arbeit.«

»Ich habe noch Fleisch und Brot.« Der Wirt

öffnete die Tür nach hinten. Seine Stimme dröhnte. »Marie, laufe und richte ein Zimmer her.«

Im nächsten Augenblick erschien die Gerufene. Sie muss früher hübsch gewesen sein, durchfuhr es Matthis. Augen wie kleine Sterne und Haare schwarz wie Pech. »Wir haben lange keinen Gast mehr beherbergt. Wie lange bleibst du?«

Ehe er antworten konnte, herrschte der Hüne Marie an: »Frag nicht so viel, dummes Weib. Geh und tu, was ich dir sage. Oder soll ich dir Beine machen?«

»Ist schon gut, Mann. Ich wollte doch nur ...« Sie stürzte die Treppe hinauf.

Matthis fand das ausgesprochen grob, wie der Wirt mit seiner Frau umsprang. Das tut man doch nicht! *Ich werde bei ihm auf der Hut sein müssen, einer wie der macht kurzen Prozess!* Er schluckte seinen Ärger und die letzten Bissen Fleisch hinunter, leerte seinen Krug und schulterte sein Bündel. »Gute Nacht, Wirt, danke fürs Nachtmahl.«

Das Dorf lag unter einer dichten Schneedecke und es schneite aus dicken grauen Wolken.

Wenn das mal nicht so weitergeht, dachte Matthis, während er durch den Schnee stapfte. In der Gegend, die seine Heimat war, lag er selten mehr als knöchelhoch. Hier aber türmten sich die Schneeberge vor den Häusern bis an die Fensterbank. Nur eine schmale Gasse, in der es nach Rauch und Suppe roch, zog sich zwischen den Häusern durch. Die Menschen eilten dick vermummt nach Hause.

Bald fand er das Haus des Tischlers. Es zierte feine Schnitzereien. Matthis klopfte an ein aufwendig gestaltetes Hoftor. Nichts rührte sich, er klopfte noch ein Mal. »Ich komme«, hörte er jemanden rufen. »Wer ist denn da?« In diesem Moment öffnete ein junges Mädchen das Tor. Er nahm trotz der Kälte und des Schneetreibens seine Kappe ab. »Ich bin Matthis, Tischler auf Wanderschaft. Ihr sucht einen tüchtigen Gesellen, habe ich gehört.«

»Ach, bitte, komm herein. Mein Vater wird sich freuen, ohne Arbeit fehlt das Geld. Ich bin Marie, seine Tochter. Meine Mutter ist nicht mehr, und jetzt ist der Vater schon lange krank.«

»Danke, Marie. Wenn ich nur Arbeit habe, dann ist alles gut.« Der Geselle trat in eine Stube, die mit wunderschön gestalteten Schränken sowie einer Bank mit Tisch ausgestattet war. »Oh, was ist das? Wer hat das gefertigt?«

»Mein Bruder und er haben das alles gemacht. Hannes ist vor nicht mal einem Jahr beim Holzfällen umgekommen. Darauf starb meine Mutter aus lauter Kummer. Mein Vater verkraftet das alles nicht. Er sagt: Wofür soll ich noch leben?«

»Du bist doch da, Marie.« Matthis war erschüttert ob des traurigen Schicksals, das er vernommen. »Für dich müsste er ...«

»Du weißt, wie das ist. Ich werde ledig bleiben bis ...« Marie gab sich einen Ruck, über ihr Gesicht huschte ein Lächeln. »Wenn du hierbleibst, wird mein Vater vielleicht wieder gesund. Er ist der beste Tischler, das sagen alle.«

»Wer solche Schränke machen kann, ist ein Meister.« Matthis nahm am Tisch Platz und bewunderte die schönen Intarsien und Bögen. »Das habe ich auf meiner Wanderschaft noch nicht gesehen. Und ich war weit, bis Italien. Vielleicht will er mich nicht«, fügte er nachdenklich hinzu.

»Lass mich das nur machen. Mein Vater kann nicht Nein sagen. Ich geh gleich zu ihm.«

Er blieb in der Stube zurück. Das läuft gut, die brauchen mich und ich lerne, schöne Sachen zu fertigen. Damit steht mir die Welt offen ...

»Du kommst wie gerufen.« Der Meister betrat die Stube mit schweren Schritten. Er begrüßte den Gesellen mit festem Händedruck.

»Meister, ich bin auf der Wanderschaft. Und wenn Sie Arbeit für mich haben, dann bin ich zufrieden.«

»Langsam, langsam.« Der Meister setzte sich schwerfällig und schnaufte wie ein Stier. »Ich kann dir also nicht viel Lohn zahlen, doch es soll nicht dein Schaden sein, wenn du deine Arbeit gut machst.«

»Ist gut, Meister.« Er wollte für ihn arbeiten. Der letzte Lohn war noch nicht aufgebraucht, sodass es damit nicht eilte. »Ich kann warten.«

»Dann gehen wir gleich rüber in die Werkstatt und du zeigst mir, was du kannst.« Der Meister erhob sich keuchend. »Wenn meine Frau noch leben würde!«

Matthis folgte ihm in die Werkstatt hinterm Haus. »Sie dürfen sich nicht hängen lassen. Um Maries Willen.«

»Ach was! Marie«, wehrte der Alte ab, »kommt zurecht. Ich habe Frau und Sohn verloren.«

»Und Marie Mutter und Bruder«, rutschte Matthis raus.

»Ist gut, mein Junge. Hast ja recht.« Der Meister sah ihn leise lächelnd an. Und Matthis war versöhnt. Der Alte hatte ein Herz. »Dann ist es abgemacht, Meister?«

»Du kannst gleich morgen anfangen.«

Matthis bezog Quartier in einer Kammer neben der Werkstatt. Am nächsten Morgen würde er mit Marie in den Wald gehen und Holz holen, damit all die liegengebliebenen Aufträge endlich fertiggestellt werden konnten.

Es hatte zu schneien aufgehört. Er trug einen Schlitten geschultert und Marie das Werkzeug in einem Rucksack. Sie stapften durch den tiefen Schnee in den Wald hinein. »Marie. Ich muss dich was fragen. Im Wirtshaus haben sie vom alten Holzknecht erzählt, der hier sein Unwesen treiben soll. Glaubst du daran?«

»Ach, das!« Marie lachte. »Ich habe ihn noch nie gesehen. Wer weiß, was da dran ist?«

»Hast du Angst?« Matthis lauschte. Nur ihre Schritte knirschten im Schnee.

»Nein, Matthis. Du bist ja bei mir«, lächelte Marie, »was soll mir da passieren?«

Sie liefen tiefer in den Wald. Gespenstig ruhig war es um sie. Plötzlich huschte ein Reh aus dem Tann, dann zwei, dann drei. Sie blieben stehen. »Was sie wohl aufgeschreckt hat?«, flüsterte Marie. »Der Holzknecht?«

»Und wenn schon! Was soll er tun? Uns mit der Axt zerteilen, kochen und aufessen? Das glaubst du doch selbst nicht. Diese Märchen sind tiefster Aberglaube und Ketzerei.«

»Mein Vater sagt ...«, versuchte Marie einzuwenden.

»Papperlapapp! So alt wie die Geschichten sind, kann der Knecht gar nicht mehr leben. Er ist längst tot und ihr macht ein Geschrei, als würde er jeden umbringen, der durch den Wald kommt!«

»Und die, die nicht wiedergekommen sind? Die hat er bestimmt ...«

»Rede nicht so dumm, Marie. Die sind wie ich auf der Wanderschaft.« Langsam wurde er zornig auf das Geschwätz der Dörfler. Und darauf, dass Marie nicht davon abzubringen war. »Wo ist das Holz, das wir holen sollen?«

»Gleich dahinten, bei den Futterraufen links.« Marie hatte Angst im Wald, aber Matthis würde sie schon beschützen. An der Stelle angekommen, suchten sie ein paar gute Hölzer aus und Matthis Axt hieb in manchen Stamm hinein. Sie arbeiteten eine ganze Weile und hatten bald einen schönen Stapel zusammengebunden. Bei all ihrer Arbeit bemerkten sie nicht, wie die Zeit verging. Es hatte wild zu schneien begonnen.

»Da kommt ein Sturm auf. Was sollen wir nur machen?«, rief Marie.

»Wir beeilen uns, dann sind wir Zuhause, ehe es richtig losgeht.« Da braut sich was zusammen, dachte er, als er die dunklen Wolken sah, aus denen es ohne Unterlass schneite. »Komm, wir lassen das jetzt. Machen wir, dass wir fortkommen.« Er schulterte den Riemen und griff den Strick, an dem er den Schlitten ziehen konnte, als eine tiefe Stimme sie aus dem dichten Tann anrief: »Bleibt lieber hier, Kinder! Das schafft ihr nicht mehr.«

Erschrocken ließ Marie ihren Korb fallen und schrie: »Der Holzknecht!«

Matthis drehte sich um. »He, wer ist da?«

»Ich bin es, der Holzknecht.« Ein riesiger Kerl tauchte hinter der Raufe auf. »Ihr werdet nicht mehr heil nach Hause kommen.«

»Hilfe! Hilfe! Jetzt sind wir verloren!«

»He, Holzknecht. Das wird dir leidtun.«

Er griff seine Axt. Dem würde er es zeigen!

»Lass sie stecken. Ich will euch nichts. Es kommt gleich ein echtes Wetter, da seid ihr im Wald verloren.« Der Knecht stapfte auf sie zu.

Matthis hielt die Axt fest in der Hand. »Was willst du, Knecht?«

»Ich will euch beschützen, wie ich es mit vielen von euch schon getan habe.«

»Beschützen nennst du das, wenn du ...!« Maries Stimme überschlug sich.

»Es waren schon viele hier im Wald unterwegs«, antwortete der Holzknecht ruhig. »Sie wären jämmerlich umgekommen, wenn ich sie nicht gefunden hätte.«

»Und wo sind die dann jetzt?«, fragte er.

»Die haben, wie du einst, Matthis, einen Stecken in die Hand genommen und ihr Glück woanders gesucht. Glaube mir, ich will euch nichts Böses.« Der Holzknecht reichte ihm die Hand. »Kommt mit. In meiner Hütte seid ihr sicher. Und eine warme Suppe habe ich auch.«

»Marie, der Knecht ist harmlos. Siehst du? Wir können bei ihm den Sturm abwarten. Und morgen laufen wir zurück.«

»Wenn du nur bei mir bist, dann gehe ich mit.« Zu tief hatten sich die Schauergeschichten in Maries Herz eingebrannt, als dass sie schnell Vertrauen fassen konnte.

Wenig später saßen sie am warmen Ofen in der Hütte und aßen die heiße Suppe, die der Holzknecht ihnen reichte. Draußen stürmte es gewaltig. Der Schnee fiel in Massen vom Himmel und Blitz und Donner ließen die Wände wackeln. Sie lauschten den Geschichten des Alten, bis sie auf dem einzigen Bett einschliefen, während der Knecht über ihren Schlaf wachte.

Am nächsten Morgen verabschiedeten sie sich, nicht ohne Dankbarkeit.

»Das vergessen wir dir nicht. Wir werden den Märchen, die über dich erzählt werden, ein Ende bereiten. Danke für alles, Holzknecht.«

»Ohne dich wären wir im Sturm umgekommen.« Marie errötete. »Ich kannte nur die Geschichten, die Wahrheit blieb im Wald.«

»Nichts für ungut, Marie. Auf Wiedersehen.

»Wir kommen dich bestimmt einmal besuchen.«

»Geht. Ihr habt noch einen weiten Weg vor euch.« Der Holzknecht sah ihnen lächelnd nach, wie sie den Waldweg entlanggingen.

Erst spät am Nachmittag erreichten sie das Dorf und im Lauffeuer verbreitete sich die unglaubliche Geschichte ihrer Rettung, die sie überall erzählen mussten. Mancher wollte es nicht glauben, sah aber in die leibhaftigen Gesichter von Matthis und Marie. Dann musste es den Holzknecht geben – er hatte sie und die anderen vor großer Not bewahrt. Er war kein Ungeheuer oder, schlimmer noch, Menschenschlächter!

Der Winter wurde nach und nach vom Frühling abgelöst. Matthis blieb beim Tischler in Lohn und Brot und würde mit Marie im Sommer Hochzeit feiern.

Der Alte war froh, einen tüchtigen Gesellen für seine Werkstatt gefunden zu haben. Noch lieber betrachtete er seine Tochter, die Matthis aufrichtig liebte. Dieser hatte sich binnen Kurzem die Kunst des Verzierens und der Gestaltung schöner Möbel beim Meister abgeschaut und verrichtete die Arbeiten fast allein. Der Alte lehnte zufrieden im Lehnstuhl und ließ sich die ersten warmen Sonnenstrahlen ins Gesicht scheinen. Hannes war lange nicht so geschickt, dachte er zufrieden, mit Matthis habe wohl auch ich ein gutes Los gezogen.

»Was meinst du, sollen wir nicht mal zum Holzknecht laufen?«

»Ja, Liebes.« Matthis konnte Marie nur wenig abschlagen.

Der Weg war gut zu gehen. Da war die Futterraufe, dort der Holzstapel. Aber es kam weder Lichtung noch Hütte! Was war das? Hier musste sie doch sein! Weit und breit war nichts als Wald. »Ich verstehe das nicht, Matthis.«

»Die Hütte hat ganz sicher hier gestanden. Lass uns Rast machen, Marie.« Er stellte den Rucksack mit der Brotzeit ab. Dann saßen sie auf einen dicken Holzstamm, der den Weg säumte und blickten ratlos in den Wald.

»Es ist wie in den Märchen, die meine Mutter mir manchmal erzählte. Und die gingen immer gut aus«, seufzte sie.

»Unsere Geschichte, Marie, fängt jetzt erst an. Der Holzknecht – echt oder nicht – hat unser Leben gerettet. Und wir beide ziehen nächsten Monat in unser eigenes Heim mit vielen Kindern und ...« Weiter kam er nicht. Marie schloss ihren Matthis in die Arme und drückte ihre Lippen auf die seinen.

Über die Autorin

Geboren 1964, aufgewachsen am Niederrhein, lebt die Autorin mit ihrer Lebenspartnerin und zwei Hunden heute im Süden Ungarns. Eine Vielzahl an Geschichten ist entstanden, mal nachdenklich, mal humorvoll. Einige ihrer Kurzgeschichten und Gedichte wurden in Anthologien „für gute Zwecke" in Deutschland und Österreich sowie in Literaturzeitschriften abgedruckt. Inzwischen sind fünf Bücher im Selbstverlag erschienen.

https://katharinakraemer1.wordpress.com/

»Bücherkiste«

Die Glückseligkeit des Himmels
12 kurze Geschichten
(Taschenbuch/Ebook)

Der falsche Rinderhirte in der wilden Puszta
6 kurze Geschichten
(Taschenbuch/Ebook)

Cabo da Roca – Fels der Entscheidung
Autobiografie
(Taschenbuch/Ebook)

Was bleibt ist Erinnerung
Biografie eines transidenten Lebens
(Taschenbuch/Ebook)

Oma Marthas Märchenbuch
(Hardcover)
Der Bläuling und die Wasserjungfer
(Hardcover)